Georg Hermes

Der Umsturz
Drei Tage im Oktober

© 2021 Jörg Bothe

Autor: Georg Hermes
Umschlaggestaltung, Illustration: germancreative
Lektorat, Korrektorat: Lektorat[2], Alexandra Gebauer
Verlag: JoeBo Verlag, Jörg Bothe, Im Bärle 20,
69469 Weinheim
Satz: Creative Planner KD, Kathrin Planner,
Queckbrunngasse 5, 96450 Coburg
Druck: tredition GmbH, Halenreie 40-44,
22359 Hamburg
ISBN: 978-3-96748-014-6 gebundenes Buch
ISBN: 978-3-96748-006-1 Taschenbuch
ISBN: 978-3-96748-007-8 E-Book

Bibliografische Information der Deutschen
Nationalbibliothek: Die Deutsche Nationalbibliothek
verzeichnet diese Publikation in der Deutschen
Nationalbibliografie; detaillierte bibliografische Daten
sind im Internet über http://dnb.dnb.de abrufbar.

Georg Hermes

Der Umsturz
Drei Tage im Oktober

Roman

JoeBo Verlag

Prolog

Grimma in Sachsen, September 2021

»Willst du auch mal?« Gerald hielt Jan die Walther PP hin, mit der er gerade eine Zielscheibe aus Papier durchbohrt hatte, die an der Rückseite eines Gartenhäuschens aus Wellblech hing.

Der Geruch von Bratwürsten und Grillgut hing in der Luft, vermischt mit verbranntem Schwarzpulver. Die Kinder saßen in den Pflaumenbäumen und spielten, die Frauen hatten sich auf der Terrasse versammelt und bereiteten die Salate vor.

WIR STEHEN BEREIT FÜR EUREN KRIEG, WIE EIN MANN MARSCHIEREN WIR RICHTUNG SIEG, plärrte es aus zwei großen Boxen zu schnellen Schlagzeugbeats und jaulenden Gitarren. WER NICHT HÖREN KANN, WIRD FÜHLEN; WER SEIN VOLK VERRÄT, WIRD BÜSSEN.

Jan betrachtete die Waffe einen Moment nachdenklich, dann schüttelte er den Kopf. »Ist nicht mein Ding«, sagte er.

»Nicht dein Ding?«, fragte Gerald. »Wenn der Tag X kommt, dann kannst du es dir nicht leisten, dass Waffen nicht dein Ding sind.« Er wog den Griff in der Hand. »Aus Wehrmachtsbeständen. Von meinem Opa an meinen Vater weitergegeben und von ihm an mich. Echte deutsche Wertarbeit. So etwas gibt es heute gar nicht mehr.«

Oskar, der in einiger Entfernung auf einem Gartenstuhl saß, spuckte aus, eine gelblich-schaumige Flüssigkeit, die an den Grashalmen vor ihm kleben blieb. »Linksversiffte Weltverbesserer, verdammte Kuscheltierwerfer! Das kommt eben davon, wenn man Ali und Mohamed in die Produktionshallen lässt.« In der einen Hand hielt er eine Bierflasche, in der anderen eine Zigarette. Wie stets um diese Tageszeit verrieten seine eingetrübten Augen, dass er bereits betrunken war.

»Ich kann mich verteidigen«, erwiderte Jan und straffte sich. Er trug ein hellblaues Hemd, das er bis zum letzten Knopf am Hals zugeknöpft hatte, darunter eine schwarze Jeans und glänzende, hellbraune Lederschuhe. Die Ärmel seines Hemdes hatte er heraufgerollt, so dass die Tattoos an seinen Unterarmen zu sehen waren, nordische Runen, Schriftzüge in altdeutscher Schrift, eine schwarze Sonne. Sein blondes Haar trug er kurz, die randlose Brille fügte sich in sein ovales Gesicht mit den hohen Wangenknochen. »Außerdem können am Tag X auch nicht alle einfach draufhauen. Es braucht Leute, die den Überblick behalten.«

Gerald, mit seinen 51 Jahren rund 14 Jahre älter als Jan, von kleiner, aber athletischer Statur, die Haare zu einem strengen Seitenscheitel gekämmt, das Kinn glattrasiert, mit unruhigen, hellgrauen Augen, trug schwarzes Hemd und schwarze Hose. Irgendwie war das mit dem Schwarz sein Ding.

»Du meinst Leute wie dich, hm? Hältst dich wohl

für etwas Besseres!«, blaffte Ronny. Er lehnte am Pfosten des Grillhäuschens auf Geralds Grundstück mitten im sächsischen Niemandsland. Ronny trug Glatze, was seine fleischigen Ohren betonte, die an seinem nahezu halslosen Kopf klebten. Seine braunen Augen bewegten sich schnell zwischen schmalen Lidern, Feuchtigkeit glänzte auf seinen Lippen. Er trug ein verwaschenes T-Shirt seiner Lieblingsband »Kategorie C«, dazu zerrissene Jeans und schwere Stiefel. »Ich sage dir mal was! Wenn es hier wirklich losgeht, dann muss jeder von uns seine Pflicht tun, damit die uns nicht überrennen! Da nutzt dein Gerede keinem mehr. Die Kanacken verstehen doch nur eine Sprache, das kapieren die da oben nur nicht und bald werden wir das alle ausbaden. Die Bullen werden mit denen nicht mehr fertig, das wissen wir. Dann braucht es aufrechte junge Männer wie du und ich, die bereit sind, ihr Vaterland zu verteidigen.«

»Auf das Vaterland!«, rief Oskar und hielt seine Bierflasche hoch.

»Auf das Vaterland!«, stimmten die Umstehenden einer nach dem anderen ein.

Die Treffen auf Geralds Gelände hatten sich zu einer festen Tradition entwickelt. Einmal im Monat kam hier ein wachsender Kreis »Andersdenkender« oder »Vaterlandsfreunde«, wie sie sich nannten, bei Grillgut und lärmender Rechtsrockmusik zusammen. Da es sich um Privatgelände handelte, konnte die Polizei dagegen wenig ausrichten, mal davon abgesehen, dass sich hier in der Gegend niemand darum scherte. Insgeheim gaben viele der alteingesessenen Anwohner den rechten Parolen recht, die hin und wieder bis auf die Straße schallten.

Stimmte es nicht, dass man viel zu viele von den Asylbewerbern hierher geholt hatte? Und dass viele von ihnen Straftaten begingen und niemals für sie verurteilt wurden? Was war mit all den Deutschen, die brav ihre Steuern bezahlten und sich an die Regeln hielten? Jeder hier kannte eine der vielen Geschichten, in denen ein Mann ausländischer Herkunft mit einem dreisten Verbrechen davongekommen war, weil er einen »Migrantenbonus« erhalten hatte. Einen Deutschen hingegen hätte man mit der gesamten Härte des Gesetzes bestraft, davon konnte man ausgehen.

»Man kommt sich vor wie ein Fremder im eigenen Land«, sagten die alten Leute, wenn sie sich beim Einkaufen begegneten und einen Plausch hielten.

»Ein Mensch zweiter Klasse«, pflichtete dann häufig jemand bei, nicht ohne zu erwähnen, dass man dafür ganz sicher nicht im Krieg gekämpft hatte.

Gerald ließ das Magazin aus der Waffe gleiten und legte beides getrennt auf den Tisch vor sich. Nach außen lebte Gerald sehr zurückgezogen. Eine Familie hatte er nicht, auch sah man ihn nie mit Frauen. Er widmete sich ganz dem Kampf, erklärte er stets.

Die verfallene Villa, die ebenfalls auf dem Gelände stand, ließ erahnen, dass er reich geerbt hatte. Außerdem verlegte er zahlreiche kritische Schriften, die im Wesentlichen drei Themen behandelten: das

Scheitern des Multikulturalismus, die Relativierung deutscher Verbrechen im Zweiten Weltkrieg und die Beschwörung einer »Einwanderungsflut«, die in naher Zukunft die deutsche Kultur vernichten würde. Die Titel lauteten HITLER – EIN MANN SEINER ZEIT oder WEHRMACHT – DIE HELDEN DER LETZTEN DEUTSCHEN ARMEE. Auf seiner jüngsten Publikation prangte in roten Lettern: RASSENKAMPF – UNTERGANG DER DEUTSCHEN KULTUR.

Auch völkische Themen kamen in seinem Verlagsprogramm nicht zu kurz, etwa der Titel DER KRIEG GEGEN ODIN. DIE ZWANGSMISSIONIERUNG DER GERMANISCHEN STÄMME, in dem eine Wiedergutmachung von der katholischen Kirche für die Vernichtung germanischen Kulturguts wie dem Fällen der Donar-Eiche durch den Mönch Bonifatius, der Zerstörung germanischer Naturheiliger und eine Rückkehr zur nordischen Religion gefordert wurde.

»Ich bin mir sicher, dass es nicht mehr lange dauert. Der Winter steht vor der Tür und damit wird es wieder voll auf dem Mittelmeer. Wenn das nächste Flüchtlingsheim irgendwo in der Türkei oder Griechenland brennt und die ihre brennenden Bälger in die Kameras halten, dann sind unsere Grenzen ganz schnell wieder offen. Schon wieder können Kämpfer und Terroristen ungehindert einreisen und sich darauf vorbereiten, unser schönes Deutschland in einen Muselmanen-Staat zu verwandeln. Dann dürfen eure Frauen und Töchter Kopftuch tragen und sind auf den Straßen nicht mehr sicher«, sagte Gerald. Wie immer, wenn er über dieses Thema sprach, wurde seine Stimme kalt vor Verachtung. Sein Hass auf Menschen mit dunklen Haaren und anderer Hautfarbe ging so tief, dass er körperliche Übelkeit verspürte, wenn er einem von ihnen begegnete, was hier, im hintersten Brandenburg, eher selten geschah.

»Nicht, so lange ich am Leben bin!«, sagte Ronny. »Wenn ich abtrete, dann nehme ich zehn von denen mit.«

»Wir sind wenige, die sind viele«, sagte Gerald. »Aber wir haben einen großen Vorteil. Der Muselmane an sich ist es nicht gewohnt, selbstständig zu denken. Er tut, was man ihm sagt oder was ihm seine niederen Instinkte eingeben. Kein Wunder, dass die regelmäßig ihre Cousinen heiraten.« Er verzog angewidert die Mundwinkel. »Wir hingegen sind freie Männer, die ihre Heimat verteidigen, eine Heimat, die schon viel zu lange von den Politikern in den Schmutz getreten wird, ausgerechnet von denen, die einen Eid ablegen, sie zu beschützen.«

»An die Wand stellen, alle«, brummte Oskar.

»Der Tag X wird kommen. Dann werden sich alle Deutschen mit einem Funken Ehre den Muselmanen in den Weg stellen und unser Vaterland verteidigen. Wir werden nicht zulassen, dass der Halbmond über dem Reichstag weht«, sagte Gerald.

»Und dann wird abgerechnet«, sagte Ronny und griff nach der Walter PP. Er nahm die Zielscheibe ins Visier. »Wir vergessen keinen von diesen linken Vaterlandsverrätern, wir werden sie wegmachen, einen nach dem anderen. Und dann kümmern wir uns um das Saubermachen. Der ganze Dreck muss weg!«

1. Kapitel

Brandenburg, Freitag, 01. Oktober 2021

»Mama? Mama! Merle blockiert schon seit zehn Minuten das Bad! Ich komme zu spät zur Schule.« Leons quengelnder Tonfall fraß sich durch Sabines Traum und holte sie in die Wirklichkeit. Sie öffnete die Augen und sah direkt in das aufgeregte Gesicht ihres neunjährigen Sohnes, dem mittleren von drei Kindern. Ein Blick auf den Wecker neben ihrem Bett verriet ihr, dass es bereits kurz nach sieben war, viel zu spät für einen Schultag.

Sabine setzte sich auf und schwang die Beine aus dem Bett. »Wir haben verschlafen!«, rief sie, während sie nach ihrem Bademantel angelte, der neben dem Bett auf einem Stuhl lag, und ihn sich um die Schultern legte. Noch während sie ihn zuband, klopfte sie an die Badezimmertür, hinter der sich ihre älteste Tochter Merle gerade die Zähne putzte.

»Merle, Leon muss in das Bad. Beeil dich! Sonst kommen wir alle zu spät!« Dann eilte sie aus dem Schlafzimmer und in das Zimmer ihrer jüngsten Tochter, Mia. Diese lag noch im Tiefschlaf.

»Mia? Mia, Schätzchen, du musst aufstehen«, wisperte Sabine und drückte Mia einen Kuss auf die Stirn. Das Mädchen räkelte sich und gähnte.

»Aufstehen, du Schlafmütze! Papa hat bestimmt schon deinen Kakao fertig gemacht.« Sabine rieb zärtlich über Mias Rücken, dann wandte sie sich um, eilte aus dem Zimmer und die Treppe nach unten.

Auf dem Weg nach unten hörte sie Farid in der Küche mit dem Geschirr klappern.

»Schatz? Wir haben verschlafen!«, rief Sabine.

»Keine Sorge, ich habe alles im Griff«, antwortete Farid, der gerade damit beschäftigt war, die Schulbrote für die Großen zu schmieren. »Ich wollte dich ein wenig länger schlafen lassen, ich weiß doch, dass du heute einen anstrengenden Tag in der Redaktion hast. Hier, dein Kaffee!«

Er hielt Sabine einen dampfenden Becher mit heißem Kaffee hin, den sie dankbar ergriff.

»Du bist einfach der Beste«, seufzte sie und ließ sich auf einen der Barhocker vor dem Küchentresen sinken.

»Möchtest du auch etwas frühstücken?«, fragte Farid liebevoll. Er sah verschlafen aus, wie üblich, wenn es im Betrieb mal wieder länger gedauert hatte. Farid arbeitete als Ingenieur in einem großen Konzern im Brandenburger Land, während Sabine für ihren Job bei DIE REDAKTION jeden Tag mit dem Zug in die Hauptstadt pendelte.

Vor neun Jahren, kurz vor der Geburt von Leon, hatten sie und ihr Mann Farid sich dazu entschieden, ihre enge und laute Wohnung in Berlin Kreuzberg aufzugeben und stattdessen in ein großes Haus mit noch größerem Garten in einem kleinen Dorf in Brandenburg zu ziehen, knapp zwölf Kilometer entfernt von Potsdam. Hier waren die Immobilienpreise niedrig und die lärmende, ständig pulsierende Hauptstadt weit weg.

»Für die Kinder«, hatten sie damals gesagt und in Kauf genommen, dass sie von nun an auf spontane Treffen mit Freunden, die Bar- und Clubszene Berlins, aber auch auf die vielen Kulturangebote verzichten mussten.

Tatsächlich war Sabine der Abschied von der Großstadt schwerer gefallen als Farid, der durch den örtlichen Fußballverein und Grillfeste im Sommer schon sehr viel enger in der Dorfgemeinschaft verankert war als sie. Es waren die After-Work-Partys mit ihren Kollegen, die durchgefeierten Nächte in den Clubs, die vielen spannenden Begegnungen, die sie hier draußen, auf dem platten Land, mehr als vermisste. Doch sie wusste, dass sie für die Kinder eine gute Entscheidung getroffen hatte, auch wenn die Schulen besser und die Leute in Lindental, ihrem neuen Wohnort, ein wenig freundlicher sein könnten. Sie waren und blieben Fremde, was vermutlich auch an Farids fremdländischem Aussehen liegen mochte.

Farid stammte aus Algerien, war vor knapp 15 Jahren mit einem Studentenvisum nach Deutschland gekommen und geblieben. Kennengelernt hatten sie sich vor 14 Jahren in einer Kneipe, ein wilder, hungriger Abend, kurz nachdem Sabine ihre Redakteursstelle bei DIE REDAKTION angenommen hatte; ihrem ersten festangestellten Job seit dem Studium. Vorher war sie als freie Journalistin mehr oder weniger von Stadt zu Stadt gezogen, froh, die Enge ihrer badischen Heimat in Karlsruhe hinter sich gelassen zu haben.

Nun saß sie hier, am Rande des Berliner Speckgürtels, irgendwo im Brandenburgischen, und trank ihren Kaffee mit echter Kuhmilch und zu viel Zucker.

In diesem Augenblick kam Merle, zwölf, die Treppe herunter. Das blonde Haar trug sie offen und gekonnt verwuschelt, dazu einen neongelben Kapuzenpullover und zerrissene Jeans.

»Ich will mein eigenes Badezimmer«, maulte Merle. »Wegen Leon hatte ich noch nicht einmal Zeit, mich zu schminken.«

»Findest du nicht, dass du mit zwölf dafür auch noch ein bisschen jung bist?«, fragte Farid und legte seiner Tochter den Arm um die Schulter.

»Mensch, Papa, ich bin kein Baby mehr!«, beschwerte sich Merle und schob seinen Arm beiseite.

»Hier, ich habe dir dein Schulbrot gemacht«, sagte Farid und hielt seiner Tochter die Brotbox hin.

Diese rümpfte die Nase. »Was ist da drin?«

»Na, Schmierkäse, so wie du es magst.«

»Ich mag keinen Schmierkäse. Davon bekomme ich Pickel.«

»Aber das war doch immer dein Lieblingskäse«, antwortete Farid und hob erstaunt die Augenbrauen.

»Ja, Papa, früher, als ich noch ein Baby war«, sagte Merle und ging in den Flur, um sich ihren Anorak anzuziehen.

»Soll ich dich zur Schule fahren? Draußen ist es ja noch dunkel.«

»Nein, Papa, das ist total uncool. Ich fahre mit

dem Fahrrad.«

»Aber vergiss nicht, den Helm aufzusetzen!«, rief Farid, doch da hatte Merle die Haustür schon hinter sich zugezogen.

»Puh«, machte Farid und grinste. »Ist das diese Pubertät?«

Sabine verzog das Gesicht zu einer Grimasse. »Wenn ich meiner Mutter glauben kann, dann wird das sogar noch schlimmer. Ich bin nur froh, dass Leon und Mia noch nicht damit angefangen haben.«

Farid beugte sich zu seiner Frau und gab ihr einen Kuss auf die Wange. »Egal, wie es kommt, das kriegen wir schon hin, oder?«

»Du hast ja keine Ahnung, wie ich in der Pubertät war«, lachte Sabine und erwiderte den Kuss. Dann stellte sie die Kaffeetasse ab. »Ich muss los, sonst bekomme ich meinen Zug nicht mehr. Wenn ich noch einmal zu spät zur Redaktionskonferenz komme, bringt Langemann mich um.«

Markus Langemann war ihr Chef vom Dienst und konnte, wie alle Vorgesetzten, durchaus anstrengend sein, das fand zumindest Sabine und mit dieser Meinung war sie in ihrer Redaktion nicht allein.

Sabine war für das Ressort Lokales zuständig, sprang aber auch an anderen Stellen in der Redaktion ein, wenn Not am Mann war.

»Was steht bei dir heute an?«, fragte Farid.

»Ich berichte über die Vorbereitungen zu der Einheitsfeier übermorgen im Dom. Ziemlich öde.«

»Aber am Sonntag selbst hast du doch frei. Wir

wollten doch in den Tierpark.«

»Klar, Schatz, mach dir keine Sorgen! Die Berichterstattung vor Ort übernehmen Tobias und Sonja. Die sind da ganz heiß drauf.« Sabine seufzte. »Die haben auch keine Familie. Aber ich kann auch darauf verzichten, am Tag der Deutschen Einheit die immer gleichen Aussagen zur Wiedervereinigung von den führenden Politikern aufzuzeichnen. Wer feiert diesen Tag denn schon wirklich?«

Farid zuckte mit den Schultern. »Weißt du, für mich war das sehr komisch, als ich hierherkam. Die Deutschen wollen auf keinen Fall feiern, dass sie Deutsche sind.«

»Naja, du weißt ja, woran das liegt. An unserer Geschichte. Und ich finde das auch gut«, erwiderte Sabine.

»Aber für Menschen, die neu in dieses Land kommen, ist es schwierig. Wir möchten etwas von eurer Kultur kennenlernen, aber da gibt es nur Weihnachtsmärkte, Laternenumzüge und …«

»… Zigeunerschnitzel«, sagte Sabine. »Aber das sagt man heute auch nicht mehr. Du meinst also, es wäre leichter, sich zu integrieren, wenn wir nicht versuchen würden, es allen recht zu machen?«

»Ich weiß nicht. In Algerien käme niemand auf die Idee, dass es rassistisch wäre, die eigene Kultur zu leben. Da wird auf Fremde keine Rücksicht genommen. Sie müssen sich anpassen.«

»Diese Diskussion hatten wir schon so oft«, sagte Sabine, während sie aufstand und die letzten

Schlucke ihres Kaffees herunterstürzte. »Algerien hat auch nicht sechs Millionen Juden und weitere Millionen anderer Menschen umgebracht, nur weil sie irgendwie anders waren. So ist das nun mal. Dafür haben wir die friedliche Revolution, die Wiedervereinigung, aber was wiegt das schon gegen so viele Menschenleben? Vermutlich will das deswegen niemand wirklich feiern. Vielleicht auch, weil Deutschland auch nach über 30 Jahren immer noch nicht wirklich zusammengewachsen ist. Bestimmt schreibt irgendwer in der Redaktion einen schlauen Essay dazu. Ist doch jedes Jahr so. Jetzt muss ich aber los!«

Etwa eine halbe Stunde später lenkte Farid seinen Volvo Kombi über die noch nebligen Landstraßen auf dem Weg in Richtung Brandenburg an der Havel, wo der Konzern, für den er arbeitete, seinen Hauptsitz hatte.

Er hatte Mia erfolgreich in ihrem Kindergarten abgeliefert, wo sie bis zum Nachmittag bleiben würde, wenn er sie wieder abholte. Das klappte nur, wenn er die Frühschicht hatte, ansonsten musste Sabine früher aus der Redaktion weg und Mia abholen.

»Eine aktuelle Studie belegt, dass die Zahl der rechtsextremen Straftaten in den vergangenen zwölf Monaten stark zugenommen hat. Insgesamt 312 Straftaten verzeichnete die Polizei bundesweit, wie aus einer entsprechenden Erhebung des Landeskriminalamts Niedersachsen hervorgeht.

Zu den Straftaten gehören Vandalismus und Volksverhetzung, aber auch Körperverletzungen und sogar Mordversuche, wie der versuchte Mord an dem baden-württembergischen Landrat Manfred Keil im September, der sich für eine Aufnahme von Flüchtlingen aus den überfüllten Flüchtlingslagern in Griechenland eingesetzt hatte. Experten machen eine Zunahme der rechtsextremen Hetze vor allem in den sozialen Medien dafür verantwortlich. Einer Anfrage zufolge hat jeder dritte Politiker mit einem Sitz in einem Landesparlament oder im Bundestag in den vergangenen Monaten Morddrohungen mit rechtsextremem Ursprung erhalten. Von besonderer Bedeutung, so die Macher der Studie, sei die wachsende Zahl rechtsextrem motivierter Straftaten gegen Polizeibeamte …«

»Diese Arschlöcher«, sagte Farid und drehte das Radio leiser. Der Rechtsextremismus war einer der Gründe gewesen, weshalb er, als Ausländer, gezögert hatte, in das ländliche Brandenburg zu ziehen, doch bislang hatte er, bis auf einige unangenehme Blicke, keine schlechten Erfahrungen gemacht. Seiner Meinung nach waren die meisten Deutschen, vor allem in Berlin, weltoffen und tolerant und hatten mit Fremden keine Probleme. Wie es in den ländlichen Gebieten war, konnte er nicht beurteilen, doch er glaubte nicht daran, dass es in der normalen Bevölkerung einen rechtsextremen Bodensatz gab. Für ihn waren das vereinzelte Spinner, die durch ein entsprechendes Medienecho für Aufmerksamkeit sorgten.

»So, meine Lieben, was sind die Themen für heute?« Chef vom Dienst Markus Langemann blickte sich erwartungsvoll in der Runde seiner Redakteure um. Das schon etwas schüttere blonde Haar trug er zu einem gewagten Scheitel, so dass es ihm in die Stirn fiel. Seine schwarze Hornbrille war zwar schon etwas aus der Mode, doch galt als eine Art Markenzeichen von ihm, weshalb er sich von ihr nicht zugunsten eines moderneren Modells trennen wollte. Sein Drei-Tage-Bart verlieh ihm etwas Verwegenes, ebenso wie der Umstand, dass er zwar stets Hemd, aber niemals Krawatte trug. Langemann hielt sich trotz seiner inzwischen 52 Jahre für einen Junggebliebenen mit intellektuellem Touch.

Die letzte Bundestagswahl lag gerade einmal eine Woche zurück, wie erwartet hatte die CDU die meisten der Stimmen auf sich vereinen können, allerdings ohne absolute Mehrheit, so dass hinter den Kulissen die Sondierungsgespräche liefen. Im politischen Berlin munkelte man, dass die CDU mit einer Koalition mit BÜNDNIS 90/DIE GRÜNEN liebäugelte, doch auch die SPD und die FDP boten sich als mögliche Koalitionspartner an.

Die Corona-Krise des vergangenen Jahres hatte so manche Gewissheit auf den Kopf gestellt, so dass auch die FDP mit ihrer liberalen Steuerpolitik und ihren Wirtschaftsversprechen wieder hatte punkten können, doch zum gegenwärtigen Zeitpunkt war es noch viel zu früh, um von einer konkreten Regierungsbildung sprechen zu können. Alles, was es gab, waren Gerüchte.

Ende Oktober sollte der neue Bundeskanzler vom Bundestag gewählt und vom Bundespräsidenten vereidigt werden.

»Wer übernimmt am Sonntag die Feierlichkeiten am Brandenburger Tor?«

Niklas und Eugen, zwei seiner jungen Redakteure, hoben die Hände. »Wir sind da dran«, sagte Eugen und blinzelte hinter seiner Brille.

»Ok, wer übernimmt diese Sache mit den rechtsextremen Straftaten? Ich würde das gerne ein bisschen personalisieren. Wer sind die Leute, die davon betroffen sind? Politiker und Normalos, vielleicht auch ein paar Polizisten?«

»Ich denke, wir sollten eher etwas darüber schreiben, dass es seit Monaten Hinweise auf rechtsextreme Netzwerke innerhalb der Polizei gibt, der Innenminister sich aber offenbar entschieden hat, das zu ignorieren«, warf Frederik aus dem Ressort Politik ein. »Ich finde, das ist ein Skandal.«

»Und dann die überquellenden Flüchtlingslager in Griechenland!«, stimmte ihm Kathrin zu, ebenfalls Ressort Politik. »Ich meine, die Leute leben da ohne fließendes Wasser, ohne genug zu essen. Und dann erst die Kinder.«

»Sehr gut, sehr gut, machen wir alles«, sagte Langemann. »Weiter im Text. Was macht das Ressort Gesellschaft?«

»Wir haben Originalstimmen zur Wiedervereinigung eingesammelt. Leute aus Ost und West, die den Fall der Mauer hier in Berlin miterlebt haben, aber auch eine Familie, die sich wegen der günstigeren Mieten entschieden hat, von Frankfurt am Main nach Görlitz zu ziehen.«

»Das wird gut ankommen«, freute sich Langemann.

»Ich habe da noch was«, meldete sich Selim, die dienstälteste Redakteurin im Ressort Politik. »Dieser Bernd Glocke, sitzt für die PARTEI FÜR DEUTSCHLAND im Bundestag, hat bei einem Besuch in seiner ehemaligen Schule erklärt, der Geschichtsunterricht in der Oberstufe betreibe Gehirnwäsche in Sachen Holocaust.«

Empörtes Gemurmel erhob sich, vermischt mit verhaltener Belustigung. »Diese Spinner schaffen es immer wieder, mit ihren Aussagen haarscharf an der Volksverhetzung vorbeizuschrammen«, sagte Frederik.

»Gewollte Provokation«, bestätigte Linus aus dem Ressort Kultur. »Da ist gerade ein neues Buch zu rausgekommen, Strategien der Rechten. Die verstehen sich als parlamentarischer Arm der Rechten, da machen die gar keinen Hehl draus.«

»Selim, schau, dass du daraus etwas machen kannst. Aber ohne diesem Glocke zu viel Aufmerksamkeit zu schenken. Genau das wollen diese Idioten nämlich«, sagte Langemann.

Sabine kaute auf ihrem Stift herum.

»Sabine, wie weit bist du mit den Vorbereitungen zur Feier im Dom?«

»Der Artikel ist fertig, kann heute raus«, sagte Sabine.

»Sehr gut, dann bleibt mir nur, euch allen übermorgen einen schönen Feiertag zu wünschen. Wir sehen uns am Montag in alter Frische.«

Sabine stand auf, um ihre Jacke zu holen. Um elf Uhr war sie mit dem Fotografen am Berliner Dom verabredet, um noch ein paar Fotos von den Vorbereitungen für die Online-Kanäle der Zeitung zu schießen.

Berlin, 02. Oktober 2021

»Zum morgigen Tag der Deutschen Einheit ist ein Gottesdienst im Dom zu Berlin geplant, an der neben der Bundeskanzlerin auch der Bundespräsident, Bundestagspräsident, Präsident des Bundesverfassungsgerichts, Bundesratsvorsitzender, der Chef des Kanzleramts, der Innenminister sowie weitere Mitglieder des Kabinetts und des Bundestags und auch zahlreiche ausländische Gäste geladen sind. Die Feier soll der friedlichen Revolution vor 30 Jahren gedenken, die ...«

Lautes Hupen von der Straße unterbrach den Text der Nachrichtensprecherin.

Obwohl Peter Dombrak die Fenster seiner kleinen Mietwohnung in Berlin-Wedding tagsüber geschlossen hielt, konnte er nur wenig gegen den Lärm tun, der von draußen hereindrang. Der Lärm machte ihn wahnsinnig. Über 20 Jahre hatte er in einem kleinen Dorf in der Nähe des hessischen Darmstadt gelebt. Dort war er aufgewachsen und fühlte sich zu Hause, ganz anders als in der niemals schlafenden Großstadt Berlin. Wedding war ein quirliges Viertel, mit vielen Studenten, Arbeitern und Künstlern. Es galt als »rot«, was Dombrak zu Beginn gestört hatte, doch inzwischen hatte er sich daran gewöhnt.

Es gab Schlimmeres. Zum Beispiel die Shisha-Bar, die sich im Erdgeschoss seines Wohnhauses befand. Sie war Peter ein Dorn im Auge, nicht nur wegen der zwielichtigen Gestalten, die sich dort zu jeder Tages- und Nachtzeit herumtrieben und am liebsten in dicken Limousinen vorfuhren. Er war sich ziemlich sicher, dass dort unten Geldwäsche stattfand und einer der vielen in Berlin ansässigen Clans dort aktiv war. Doch alle Versuche, seinen Dienstherrn, die Berliner Polizei, davon zu überzeugen, entsprechende Ermittlungen zu übernehmen, waren bislang gescheitert und so hatte Peter irgendwann aufgegeben. Er hatte Wichtigeres zu tun.

Peter schaltete den Fernseher aus und konzentrierte sich wieder auf die eng beschriebenen Seiten vor ihm. Das Verfassen seines »Vermächtnisses«, wie er es nannte, nahm seit einigen Wochen einen geraumen Teil seiner freien Zeit ein. Aber diese Zeit nahm er sich gerne. Es war ihm wichtig, seine Motive für die Nachwelt festzuhalten. Satz um Satz reihte er die Beweggründe für sein Handeln auf und nahm dabei Bezug sowohl auf die inländische als auch die internationale Politik.

Es lief so viel falsch auf der Welt, mit dieser Meinung war er nicht allein. Die Mächtigen wurden immer mächtiger und konnten ihre Agenda immer rücksichtsloser durchsetzen, während der gemeine Mann auf der Straße das Nachsehen hatte. Die Werte, mit denen er aufgewachsen war, wie Treue, Ehrlichkeit, Pflichtgefühl, Liebe zur Heimat, gerieten immer mehr in das Hintertreffen. Mehr noch, wer diese offen postulierte, galt nicht erst neuerdings als Rechter, als »Nazi«, wie man in den sozialen Netzwerken inflationär schimpfte.

Er legte den Stift beiseite und kratzte sich am Hinterkopf. Schon mit Mitte 20, kurz nach seiner Versetzung zum Sondereinsatzkommando Berlin Mitte, hatten sich an seinen Schläfen immer größer werdende kahle Stellen gezeigt. Als sie den Hinterkopf erreichten, traf er die Entscheidung, sich den Kopf kahlzurasieren, und hatte sich seither an das Gefühl der kurzen Stoppel auf seinem Kopf gewöhnt, die sich schon drei Tage nach der letzten Rasur zeigten.

Anna, seine letzte Freundin, hatte ihm gesagt, dass sie »auf Typen mit Glatzen stehe« und dass sein kahler Schädel die Wirkung seiner eisblauen Augen unterstrich; ein Eindruck, der ihm durchaus gefiel.

Sein Aussehen war ihm wichtig, weshalb er neben dem verpflichtenden Sportprogramm seiner Einheit dreimal in der Woche ein nahegelegenes Fitnessstudio besuchte, das rund um die Uhr geöffnet hatte. Wenn er dort nachts um zwei trainierte, musste er sich nicht mit irgendwelchen lästigen Affen in Muskelshirts herumschlagen, die die Fotos von ihren aufgepumpten Bizeps in den virtuellen Orbit verschickten, immer in der Hoffnung auf ein wenig Bewunderung.

Gegen solche Gefühle war Peter immun. Bewunderung, Aufmerksamkeit, all das interessierte ihn nicht. Er brannte für seine Aufgabe, nur sie galt es zu erledigen. Alles andere, er selbst, war unwichtig. Er war kein Held, kein Märtyrer, sondern nur ein Mann, der das tat, was richtig war. Oder besser tun würde.

Er war mit 18 Jahren in den Schützenverein eingetreten. Nur beruflich mit Waffen zu tun zu haben, genügte ihm nicht. Nichts war vergleichbar mit dem kompromisslosen Gefühl der Stärke, das ihn überkam, wenn er eine geladene Waffe im Anschlag hielt, das Ziel anvisierte und schoss.

Peter war ein ausgezeichneter Schütze, das bestätigten auch sämtliche Waffentrainings seiner Einheit. Bisher hatte er außerhalb des Schießtrainings nicht die Gelegenheit gehabt, seine Schießkünste auch einzusetzen. Doch sehr bald würde sich die Gelegenheit dazu ergeben. Seine einzige und letzte, doch mehr brauchte er nicht. Danach würde er entweder tot sein oder für den Rest seines Lebens im Gefängnis sitzen. Peter drehte den Ton des Fernsehers lauter und begann, leise vor sich hinzupfeifen.

Die Stadt zog grau und ungemütlich an den Fenstern des Wagens des Fahrdiensts des Deutschen

Bundestags vorbei. Regenfäden klebten an den Scheiben und liefen in kleinen Rinnsalen an ihnen herab.

Bernd Glocke vertiefte sich in die Unterlagen des Bildungsausschusses, der am Montag tagte. Darin ging es um zahlreiche Vorlagen im Zusammenhang mit digitalem Unterricht und Erweiterungen des Lehrstoffes, auch wenn letzterer Sache der Bundesländer war.

Glocke war kein Fan des Föderalismus. Dieser machte Regieren zu einer schwerfälligen Angelegenheit, wie sich an unzähligen Beispielen gezeigt hatte. Er war für einen starken Staat, in dem die Bundesregierung das Sagen hatte, vorausgesetzt, die richtigen Leute waren in der Regierung.

Wie viele seiner Parteikollegen aus der PARTEI FÜR DEUTSCHLAND war Glocke der Ansicht, dass das schon seit mindestens 70 Jahren nicht mehr der Fall war. Für ihn waren CDU, SPD, GRÜNE und selbstredend die LINKEN alle Teil des politischen Establishments; ein Einheitsbrei, der den Wählern eine Wahlfreiheit vorgaukelte, die in Wirklichkeit überhaupt nicht existierte. Jede dieser Parteien vertrat die Position der weichgespülten, realitätsfernen Multi-Kulti-Romantik, die Glocke aus tiefstem Herzen verachtete.

Genau für diese Positionen hatte ihn sein Wahlkreis bei der Bundestagswahl erneut in den Bundestag gebracht. Er gehörte zu jenen, die die Flüchtlingspolitik der Bundesregierung von Anfang an scharf kritisiert hatten und auch jetzt nicht müde wurden, gegen die Aufnahme weiterer Flüchtlinge aus dem Mittelmeerraum zu protestieren.

»Wir sind es den rechtschaffenen, hart arbeitenden Menschen in unserem Land schuldig, dass der öffentliche Raum ein sicherer Ort bleibt und wir uns auf den Konsens unserer Kultur verlassen können. Niemand möchte mit Menschen auf engstem Raum zusammenleben, deren Verhalten unberechenbar ist und die im Zweifel mit unserem Rechtsstaat nichts am Hut haben«, war eine seiner Lieblingsaussagen, die er einmal in der Woche in seinem Videopodcast in die Netzwelt einspeiste.

Glocke hatte viele Fans. Da draußen gab es eine Menge Leute, die von der Politik der »Altparteien«, wie man in seinen Kreisen die anderen Parteien abfällig nannte, die Schnauze voll hatten. Weder wollten sie weiter unter dem Banner falsch verstandener Toleranz ein Erstarken des Islamismus tolerieren, noch Steuergelder für die Versorgung von Asylbewerbern und Zuwanderern ausgeben, vor allem nicht für jene mit muslimischem Hintergrund.

»Auch der Ali und die Aysche werden begreifen müssen, dass hier in Deutschland die Uhren anders ticken. Der Größenwahn eines Herrn Erdogan vom Bosporus interessiert uns wenig, bei uns zählen Ehrlichkeit, Fleiß und der Wille, sich für die Gemeinschaft einzubringen«, hatte Glocke in der vergangenen Woche bei einem Interview mit der rechtskonservativen Plattform WILLIS EINBLICK gesagt.

Die etablierten Medien, ob Zeitungen, TV-Formate oder auch Nachrichtenmagazine, hatten sich darauf geeinigt, der PARTEI FÜR DEUTSCHLAND keine Plattform zu bieten, weshalb man sich ganz darauf verlegt hatte, die Wähler und Sympathisanten eben über soziale Netzwerke und alternative Medienangebote zu erreichen, was sich inzwischen zu einer echten Stärke der Pressearbeit seiner Partei entwickelt hatte.

Tatsächlich hatten sie bei der jüngsten Bundestagswahl ein deutliches Plus verzeichnen können und damit einmal mehr unter Beweis gestellt, dass viele Wähler bei der Befragung nicht zugaben, dass sie eigentlich rechts wählten.

Rechts, das hieß in Glockes Augen rechtskonservativ und was daran schlecht sein sollte, konnte er beim besten Willen nicht verstehen. Traditionelle Werte und eine starke Liebe zum eigenen Vaterland waren für ihn die Grundpfeiler politischer Arbeit. Wer sie nicht teilte, war ein Volksverräter und sollte eigentlich von jedem politischen Amt ausgeschlossen werden.

Glocke legte die Handreichung zur nächsten Sitzung des Bildungsausschusses beiseite und zog sein Smartphone aus seiner Jackentasche. Gelangweilt scrollte er durch die Nachrichten des heutigen Tages. Die meisten Zeitungen überschlugen sich in Dokumentationen, Meinungsartikeln und Berichten rund um die deutsche Einheit.

Es war kein Geheimnis, dass die PARTEI FÜR

DEUTSCHLAND die Mehrheit ihrer Wähler im Osten hatte, doch im Westen verzeichneten sie die größten Zuwächse, was sicherlich auch mit der verkorksten Flüchtlingspolitik zu tun hatte, die seit 2015 die Gemüter erhitzte.

Glockes Meinung dazu war eindeutig. Wer nicht in Deutschland geboren worden war und keinen deutschen Pass hatte, hatte in diesem Land nichts verloren, vor allem nicht, wenn es um die »Erschleichung von Sozialleistungen« ging, eines seiner Lieblingsthemen.

Glocke seufzte und fuhr sich mit der Hand durch das akkurat geschnittene rötliche Haar. Als Kind hatte er sich für seine Sommersprossen geschämt, heute, mit Anfang 50, gab es Wichtigeres. Er wusste, dass er nicht gerade gutaussehend war, doch im Anzug gab er eine gute Figur ab und es gab eine Menge Frauen, die auf seinen Status als Bundestagsabgeordneten standen. Da fiel es ihm sehr viel leichter, die Scheidung von seiner Frau vor fünf Jahren zu verkraften, auch wenn seine beiden Söhne sich entschieden hatten, bei der Mutter zu bleiben, und zum Vater höchstens sporadisch Kontakt suchten. Seine Ex-Frau verweichlichte die Jungs, doch das war kein Wunder in einer Republik mit einer linksversifften Bildungspolitik und einem Scheidungsrecht, das den Ehemann und Vater grundsätzlich zum Buhmann erklärte.

Nun, wenn sie erst an der Macht wären, dann würde sich das ändern. Und dieser Tag X war möglicherweise schon viel näher, als viele dachten.

Seine Partei hatte bei den jüngsten Bundestagswahlen einen deutlichen Zuwachs verzeichnen können, was auch an den vielen Menschen lag, die mit dem Krisenmanagement der Bundesregierung während Corona unzufrieden waren. Fast den gesamten Winter bis in das Frühjahr hinein hatte sich das Land im Lockdown befunden. Der Sommer hatte eine kurze Entlastung bedeutet, doch alle fürchteten, dass mit der kalten Jahreszeit die Infektionszahlen wieder nach oben gehen würden. Im Zusammenhang mit der Impfung gab es zwar Fortschritte, doch von einer flächendeckenden Vergabe an die Bevölkerung war man trotz aller Versprechen noch weit entfernt, mal davon abgesehen, dass die Zahl derer, die sich auf keinen Fall impfen lassen wollten, jeden Tag wuchs.

Das Misstrauen in die »Kartell«-Parteien, wie man in seinen Kreisen die anderen Parteien nannte, war gewachsen und das spielte der PARTEI FÜR DEUTSCHLAND in die Hände. Erneut war sie die stärkste Oppositionspartei im Bundestag. Die Zeichen standen auf Erfolg, so viel stand fest. Je zerrissener Deutschland war, je unzufriedener die Menschen, umso besser für seine Partei. Sie lebte vom Frust der ewig Unzufriedenen, der Abgehängten, all jenen, für die sich die Welt zu schnell veränderte und die sich nicht an ein Zusammenleben mit Menschen verschiedener Kulturen gewöhnen wollten. Auch diese Menschen hatten ein Recht auf ihre Stimme.

Genau darin sah Glocke seine Aufgabe.

»Hast du das Transparent mitgebracht?«, fragte Flo, genannt Mücke, und schob sich eine Strähne seiner grün gefärbten Dreadlocks aus dem Gesicht. Stickige Luft herrschte in dem fensterlosen Raum in Berlin Mitte, in dem sich rund 25 vorrangig junge Menschen versammelt hatten, um die morgige Aktion vorzubereiten.

Lisa nickte. Sie war müde. Bis spät in die Nacht hatte sie mit anderen Mitgliedern der ANTIFA-GRUPPE BERLIN KREUZBERG an den Transparenten und Flyern gearbeitet. Morgen, zum Tag der Deutschen Einheit, wollten sie vor dem Bundestag gegen die Flüchtlingspolitik der Regierung demonstrieren. Noch immer saßen tausende Menschen in Auffanglagern in der Ägäis fest, ohne Aussicht auf Verbesserung. Die Bedingungen in diesen Lagern waren katastrophal, das war gemeinhin bekannt, dennoch tat man sich seitens der deutschen Politik schwer, sich für eine Aufnahme der Menschen, allen voran der Kinder, einzusetzen, da man wusste, dass Flüchtlinge so kurz vor der Bundestagswahl ein sensibles Thema waren, mit dem man im Zweifel mehr Wählerstimmen verlor als gewann.

Für eine so opportunistische Haltung hatte Lisa nur Verachtung übrig. Sie gehörte zu den Menschen, die aus Überzeugung das Richtige taten, und das Richtige, nun, das war immer das, was Moral und Menschlichkeit zur Stunde geboten, etwa, dass man nicht mitten in Europa Menschen in Zeltlagern ohne fließendes Wasser einsperren konnte, jetzt, wo der Winter nahte. Solidarität, das war das Gebot der Stunde, nur so konnten die Folgen von Globalisierung und Kapitalismus abgefangen werden.

Das war der Grund, weshalb sie sich seit rund einem Jahr in der ANTIFA-Gruppe engagierte. Eigentlich war sie nach Berlin gekommen, um Sozialpädagogik zu studieren, doch schon als sie sich bei der Wahl ihres Studienplatzes für die Hauptstadt entschieden hatte, hatte Lisa vor allem die Möglichkeit zu politischem Engagement im Auge gehabt.

In Wahrheit hatte sie seit dem Frühjahr kaum noch Zeit für ihr Studium gehabt. Zwei Hausarbeiten hätte sie über die Semesterferien schreiben müssen, nicht eine Zeile hatte sie geschrieben. Es gab einfach Bedeutsameres zu tun. Demos organisieren zum Beispiel.

»Das ist so eine Sauerei«, hörte sie Flipp im Nebenzimmer schimpfen.

Lisa spitzte die Ohren. Flipp war so etwas wie der Anführer ihrer Gruppe, auch wenn man sich betont basisdemokratisch bis anarchistisch gab. Vielleicht lag es an seiner Körpergröße, vielleicht an seiner tiefen Stimme, mit der er mit Hingabe die kompliziertesten Stellen aus Karl Marx' DAS KAPITAL zitieren konnte, auch jene Passagen, die sonst niemand verstand.

Auch Lisa hatte DAS KAPITAL gelesen, doch die Wahrheit war, dass sie nur das Wenigste von dem, was sie gelesen hatte, behalten hatte. Sie fand Theorie nicht so wichtig. Worauf es ankam, war doch, dass man aktiv wurde, versuchte, an dieser Scheißgesellschaft etwas zu verbessern.

»Was ist los?«, fragte Mücke, der von seiner provisorischen To-do-Liste für die morgige Aktion aufsah.

»So ein paar Schweine haben Privatadressen von Antifa-Mitgliedern veröffentlicht!«, rief Flipp, während er hereinkam. »Und jetzt haben die ersten Nazipenner die auf ihre Listen gesetzt. Die Listen für den Tag X.«

»Der feuchte Traum der Rechten«, stieß Daniel, der neben Lisa auf dem Boden saß, zwischen den Zähnen hervor. Er war sonst eher schweigsam, doch jeder wusste, dass er zu dem schon fast kultisch verehrten schwarzen Block gehörte, der gewaltbereiten Speerspitze jeder linken Demonstration. Oder kurz jenen, die bereit waren, sich mit der Polizei zu prügeln. Den Bullen.

»Na klar, und der Innenminister erklärt, es gäbe kein Rassismus-Problem bei der Polizei, und das nach all den Fällen von Racial Profiling im vergangenen Sommer«, schimpfte Dirk, der wie immer von einer süßlichen Marihuana-Wolke umgeben war, selbst wenn er gerade keinen Grasjoint rauchte.

»Die Politik ist auf dem rechten Auge blind«, bestätigte Flipp und rieb sich nachdenklich das Kinn. »Lieber faseln sie noch etwas von erfundenen Gefahren durch linke Gewalt. Manchmal könnte man echt das Kotzen kriegen. Die Idioten von der PARTEI FÜR DEUTSCHLAND sagen natürlich, es sei ein reines Versehen, dass man diese Privatadressen veröffentlicht habe. Die Pressesprecherin sei mit der Maustaste verrutscht.«

»Was sagt die Polizei?«, fragte Mücke.

Müdes Gelächter war die Antwort.

»Als würden ausgerechnet die sich dafür interessieren, wenn ein paar Rechte mit uns kurzen Prozess machen wollen«, sagte Flipp und reckte kampflustig die Faust. »Dagegen müssen wir uns schon selbst wehren!«

2. Kapitel

Berlin, 3. Oktober 2021

Die Fahrt zum Berliner Dom fand in einem Einsatzwagen statt. Peters Kollegen unterhielten sich in gedämpfter Lautstärke, angesichts der frühen Stunde waren viele noch müde. Tage wie diese bedeuteten Großeinsätze für die Berliner Polizei und die Sondereinsatzkommandos. Dutzende Politiker an einem Fleck, das war eine Mammutaufgabe für jene, die sie vor einem möglichen Attentat abschirmen mussten.

Peter wunderte sich über die merkwürdige Ruhe, die in seinem Inneren Einzug gehalten hatte. Den konkreten Einsatzbefehl würde er erst vom Einsatzleiter vor Ort bekommen. Noch war es zu früh, sich zu freuen. Alles Mögliche konnte noch schiefgehen, etwa, wenn man ihn irgendwo draußen bei den Schaulustigen und möglichen Demonstranten postierte. Von dort aus würde er nicht viel Zugriff auf die Mitglieder der Regierung oder gar den Kreis um die Bundeskanzlerin haben.

Der Einsatzwagen erreichte den Platz vor dem Dom, wo um diese Uhrzeit noch nicht viel los war. Gestern schon hatte man den Bereich um den Dom weitläufig abgesperrt, den Dom selbst mit Bombenspürhunden durchsucht und Kontrollpunkte eingerichtet. Jeder, der später am Tag zu der eigentlichen Veranstaltung wollte, musste einen dieser Kontrollpunkte passieren. Die Besucher wurden abgetastet, gescannt und ihre Taschen wurden durchsucht. Große Rucksäcke durften nicht mit hineingenommen werden. Auf diese Weise sollte das Sicherheitsrisiko für die hochrangigen Politiker minimiert werden.

Peter postierte sich breitbeinig vor dem Einsatzwagen. In voller Montur, mit Brustpanzern und Helmen, waren die einzelnen Polizisten kaum auseinanderzuhalten. Sie verschwammen zu einer schwarzen Masse überdimensionierter Ameisen. »Turtles«, wie die Linken sie wegen der Körperpanzerung nannten. Von denen waren einige bereits vor Ort. Anscheinend hatten sie trotz der Witterung in der Grünanlage vor dem Dom campiert, nun lümmelten sie sich in einiger Entfernung auf dem Vorplatz herum, schlugen Trommeln und ließen Seifenblasen in die Luft steigen. Peter verzog verächtlich das Gesicht, als er ihrer gewahr wurde. Für diese Faulpelze und Schmarotzer hatte er nur Geringschätzung übrig. Sie waren faule Stellen im Volkskörper und das einzige, was gegen sie half, war, sie mit Stumpf und Stiel auszurotten.

Sein Blick wanderte wieder zu den Sicherheitsvorkehrungen direkt am Dom. Noch konnte er keine Scharfschützen auf den Dächern rund herum ausmachen. Ob diese Aufgabe ihm zufallen würde? Das wäre schade, aber nicht zu ändern. Eine so einmalige Gelegenheit würde er so schnell nicht wieder bekommen, doch Peter hatte gelernt, sich in

Geduld zu üben. Sein Tag würde kommen, so oder so.

Mit einem schiefen Grinsen hinter seinem heruntergeklappten Visier beobachtete er, wie seine Kollegen die Umgebung des Doms nach Waffenverstecken oder Sprengstoff absuchten.

»Wie der Wolf in die Schafherde einbricht, so kommen wir«, wiederholte er flüsternd die Worte des späteren nationalsozialistischen Reichspropagandaministers Josef Goebbels aus einer Rede von 1928.

»Dombrak? Bereit für die Einsatzbesprechung?« Peters Chef Holger Agnus kam auf ihn zu, in der Hand eine Reihe von Plänen. »Dich will ich im Inneren des Doms, oben auf der Empore. Für den Fall der Fälle bist du einer der Scharfschützen für den Schießbefehl, falls alle anderen Maßnahmen versagen.«

Peter nickte, während er versuchte, den in ihm aufkeimenden Freudentaumel zu unterdrücken. Agnus setzte ihn tatsächlich für den sogenannten »finalen Rettungsschuss« ein, wie man die Aufgabe des Scharfschützen nannte, der eine hochrangige Person durch einen einzigen präzisen Schuss auf einen Attentäter rettete, wenn alle anderen Sicherheitsmaßnahmen versagt hatten. Genau darauf hatte er gehofft und in den letzten Wochen und Monaten hingearbeitet. Seine Träume wurden wahr. Der Tag der Wahrheit war gekommen.

Peter schluckte. Er konnte sein Glück kaum fassen und war dankbar dafür, dass er unter seinem Visier auch noch einen Mund-Nasen-Schutz trug, so dass

Agnus die Entgleisung seiner Gesichtszüge nicht bemerken konnte. Euphorie stieg in ihm auf, eine leise, triumphale Melodie. Heute Abend würde er als Held in die Geschichte eingehen.

Bernd Glocke strich sich seine Krawatte glatt. Dem Anlass angemessen trug er einen schwarzen Anzug, darüber einen grauen Wollmantel. Der Tag hatte grau begonnen, mit kaltem Nieselregen und jener Art von Feuchtigkeit, die binnen Sekunden unter die Kleidung kroch und auf der Haut für ein Schaudern sorgte.

Eigentlich hatte Glocke überhaupt keine Lust gehabt, zu diesem Termin aufzukreuzen, doch der Parteikonsens hatte entschieden, dass er als einer der Repräsentanten der Partei anwesend sein sollte. Immerhin wollte man sich nach außen den Schein des Seriösen geben, um neuen Wählergruppen zu signalisieren, dass man durchaus in der Lage war, irgendwann auch an der Regierung beteiligt zu sein. Und dieser Tag mochte schneller kommen, als so manchem lieb war. Glocke hatte die Aufgabe zähneknirschend übernommen, schließlich hatte er an einem Feiertag Besseres zu tun, als sich das Geschwafel über die gelungene Wiedervereinigung anzuhören. In seiner Partei wusste man, wie es wirklich um die Menschen in Ost und West bestellt war. Im Osten fühlte man sich abgehängt und verraten, im Westen regte man sich am liebsten über den Solidaritätszuschlag auf, obwohl man diesen längst abgeschafft hatte. Ostdeutsche hielten Westdeutsche für gierige Kapitalisten, für die die Wiedervereinigung eine willkommene Gelegenheit zur Bereicherung gewesen war, während Westdeutsche Ostdeutsche für generell rechts gesinnte Hinterwäldler hielt, deren liebste Beschäftigung das Jammern war. Daran konnte auch das 31. Jahr nach der Wiedervereinigung nichts ändern.

Glocke schlug seinen Mantelkragen nach oben und eilte auf den Dom zu.

Vor dem Berliner Dom herrschte reges Treiben. Journalisten und Schaulustige drängten sich auf dem Domvorplatz, auch einige Demonstranten waren gekommen, die Schilder mit Aufschriften wie KAPITALISMUS TÖTET oder WAFFENEXPORTE STOPPEN in den Oktoberhimmel reckten. An den noch immer vorgegebenen Mindestabstand hielt sich kaum jemand, immerhin trugen alle Masken, ein Verhalten, das Glocke dezidiert ablehnte.

Für ihn wie für viele andere in der Partei war das Tragen einer Maske Ausdruck von Unterwürfigkeit gegenüber einem System, das seine Bürger auf den Arm nahm und deren Grundrechte beschnitt. Seit dem vergangenen Herbst hatte man Demonstrationen und Versammlungen mit Hinweis auf das Infektionsschutzgesetz verboten, das man gefühlt stündlich erneuerte und verschärfte, die große Stunde des Gesundheitsministers, gegen den Glocke eine besondere Abneigung hegte, was auch damit zu tun hatte, dass der Minister offen schwul war.

Wie bei den meisten Dingen machte Glocke keinen Hehl aus seiner Ablehnung gegenüber Homosexuellen, seine Partei trat für das traditionelle Familienmodell ein und er wusste nicht, was daran falsch sein sollte. Alles andere waren Abartigkeiten, hervorgerufen durch sexuelle Zügellosigkeit der 68er und den modernen Genderwahn. Wenn es nach denen ging, wusste bald niemand mehr, ob er Männlein oder Weiblein war.

Schwarze Regierungslimousinen fuhren im Minutentakt vor und aus ihnen stieg das Who-is-Who der Regierung aus: der Bundespräsident, Bundestagspräsident, Präsident des Bundesverfassungsgerichts, Bundesratsvorsitzender, der Chef des Kanzleramts, der Innenminister sowie weitere Mitglieder des Kabinetts und zuletzt die scheidende Bundeskanzlerin und ihr Nachfolger.

Sie alle winkten Presse und Schaulustigen nur kurz zu, um dann in dem beheizten Inneren des Doms zu verschwinden, wo bereits die Mehrzahl der Stühle besetzt war.

Für die obersten Repräsentanten der Regierung hatte man die vordere Stuhlreihe reserviert, für die Mitglieder des Bundestags, die der Opposition angehörten, Stühle weiter hinten. Hostessen übernahmen die Einweisung, die Stühle waren mit Namensschildern markiert. So wusste jeder, wo sein Platz war, und das durchaus auch im übertragenen Sinne.

Glocke entdeckte Marlies König, die Fraktionsvorsitzende, und Norbert Wegmann, den Parteivorsitzenden, die zwei Reihen vor ihm Platz genommen hatten, immerhin in der dritten Reihe hinter der Bundeskanzlerin. Beide würdigten ihn kaum eines Blickes, was in Glocke sofort eine Welle des Ärgers aufsteigen ließ. Die beiden hielten sich als Parteichefs offensichtlich für etwas Besseres, dabei hatten sie es auf ihre Posten doch nur mit Hilfe der anderen Mitglieder des Bundestags aus seiner Partei geschafft.

Missmutig starrte er auf Marlies Königs roten Haarschopf, der aufgeregt hin und her wippte, während sie sich angeregt mit Wegmann unterhielt. Die zwei schienen sich blendend zu verstehen, König lachte immer wieder auf, ein wenig zu laut und ein wenig zu schrill, während Wegmann ein verschmitztes Grinsen aufgelegt hatte. Vermutlich machten sie sich gerade über die Bundeskanzlerin und andere Anwesende lustig. Glocke fixierte die Hinterköpfe seiner beiden Parteikollegen kurz, dann zog er sein Handy hervor und nutzte die Zeit bis zum Beginn der Veranstaltung für ein kurzes Live-Video an seine Follower.

»Liebe Freunde«, sagte er in die Kamera. »Ich melde mich von den Feierlichkeiten zum Tag der Deutschen Einheit im Berliner Dom. Ich muss euch nicht sagen, wie sehr mich die Verlogenheit der hier Anwesenden ankotzt. Wir alle wissen, dass die Wiedervereinigung eine große Lüge gewesen ist, bei der man die Menschen in Ostdeutschland um ihr Hab und Gut und ihre Renten betrogen hat, nur um dieses Geld jetzt dem Mohammed aus Syrien und dem Mustafa aus Afghanistan samt ihren vier Frauen und zwölf Kindern hinten reinzublasen, die als angebliche Flüchtlinge hierher kommen ...« Zufrieden beobachtete er, wie sich immer mehr Follower auf seinen Live-Stream aufschalteten, und legte noch eine Schippe drauf: »Wir von der PARTEI FÜR DEUTSCHLAND versprechen euch, dass wir die neue Bundesregierung ebenso wie die alte vor uns hertreiben werden wie der Jäger die Wildsau. Wir werden ihnen keine ruhige Minute lassen, bis auch in Deutschland wieder Recht und Ordnung gelten und unser geliebtes Grundgesetz wieder den Respekt erfährt, den es verdient ...« Dutzende lachende Emojis und Daumen hoch flogen ihm entgegen. Wieder war es ihm gelungen, seinen Anhängern das zu liefern, was sie von ihm erwarteten. Bald, da war er sich sicher, würde er dort vorne sitzen und nicht mehr die ebenso unfähige wie nervige Marlies König oder der geleckte Schleimbolzen Norbert Wegmann.

Peter hatte seine Position oben auf der Empore eingenommen. Mechanisch ging er die Übungen aus seinem Scharfschützentraining durch. Er hatte gelernt, seinen Atem zu kontrollieren und sogar die Anzahl seiner Herzschläge zu vermindern, um in der Pause zwischen zwei Herzschlägen eine absolute Treffsicherheit zu haben. Mit tödlicher Sicherheit würde jede seiner Kugeln das Ziel treffen. Er spähte durch sein Fadenkreuz und fand das Gesicht der amtierenden Kanzlerin und ihres Nachfolgers, beide in ein Gespräch vertieft. Der Reihe nach ging er ihre Gesichter durch. Sein Moment war noch nicht gekommen, er musste warten, bis auch die Pressevertreter im Inneren des Doms waren, schließlich sollte sein großer Auftritt ein möglichst großes Medieninteresse erzeugen. Dass viele Stühle aufgrund der Corona-Abstandsregelungen leer blieben, kam ihm nur entgegen. So hatte er freies Schussfeld.

Die drei Kollegen, die jeweils in einigen Metern Entfernung auf der Empore auf der Lauer lagen, ahnten nicht, was in ihm vorging. Niemand ahnte, was in ihm vorging. Sie alle hatten bei ihrer Verbeamtung einen Eid geschworen, den Staat, seine Vertreter und seine Interessen zu schützen. Peter legte diesen Eid ein wenig anders aus. Er würde, hier und heute, sein Vaterland verteidigen.

Über den Knopf in seinem Ohr war er mit den anderen Mitgliedern seines Kommandos und Agnus als Einsatzleiter verbunden und jederzeit über alles informiert.

Seine Schussposition war nicht optimal. Er überschlug, wie viel Zeit ihm für die Schüsse bleiben würde.

Es gab sieben Zielpersonen, wenn ihm ein Double Shot gelang, brauchte er dafür nur sechs Kugeln, die er binnen 15 Sekunden abfeuern würde. So viele Kugeln fasste das Magazin seines G22 und so lange würde es vermutlich dauern, bis seine Kollegen begreifen würden, dass das Feuer nicht von einem Attentäter, sondern aus den eigenen Reihen stammte.

Der Pfeiler rechts vor ihm gab ihm zusätzliche Sicherheit. Möglicherweise würde es ihm gelingen, die Empore unverletzt zu verlassen, doch Peter hatte nicht vor, zu flüchten. Es lag ihm fern, wie ein gehetztes Tier auf der Flucht zu leben. Er war ein Soldat und als solcher rannte er nicht davon wie ein Kaninchen, sondern würde kämpfen bis zum letzten Moment. Entweder er würde heute als Märtyrer sterben oder für immer in das Gefängnis gehen.

Lisa hatte sich die Kapuze ihres Anoraks tief in die Stirn gezogen. Es regnete unaufhörlich und hier draußen, auf dem Domvorplatz, wurde es langsam ungemütlich. Ihre Schuhe waren durchweicht und eiskalt, der Regen lief ihr in kleinen Rinnsalen den Rücken hinunter, weil er längst auch durch ihre Jacke gedrungen war. Sie hielt ein Schild mit der Aufschrift DER TOD IST EIN MEISTER AUS DEUTSCHLAND hoch, mit dem sie gegen die Waffenexporte in den Nahen Osten demonstrierte.

Neben ihr stand Dirk, der immer wieder Parolen durch ein Megafon brüllte, während Flipp und Mücke gemeinsam mit anderen Passanten und Zuschauer ansprachen und Flyer verteilten. Auf den Flyern ging es um Umweltschutz, Gleichberechtigung, Flüchtlinge. Die meisten Menschen zeigten nur wenig

Interesse für die Anliegen der Demonstranten und Lisa entging nicht, dass die anwesenden Polizisten die kleine ANTIFA-Gruppe misstrauisch beäugten. Offensichtlich wollte man sichergehen, dass es keinen Ärger gab, was angesichts der schieren Übermacht der Polizei in und um den Dom vollkommen absurd war.

Es war seltsam, die Politiker von so nahe zu sehen, die sie sonst nur aus dem Fernsehen kannte. Die Kanzlerin wirkte sehr viel menschlicher als auf dem Bildschirm. Irgendwie fast sympathisch, auch wenn sie eindeutig dem falschen Lager angehörte. Das galt auch für die Vertreter der übrigen Parteien, allen voran aber für die PARTEI FÜR DEUTSCHLAND, die personell dünn vertreten war. Offenbar war der Tag der Deutschen Einheit für die Rechtskonservativen kein Tag zum Feiern, das wunderte Lisa nicht.

Bernd Glocke war vor rund zehn Minuten an ihnen vorbeigeeilt, den Mantelkragen hochgeschlagen. Laute Buhrufe waren ihm entgegengeschallt, doch er hatte keine Notiz von ihnen genommen. Vermutlich hatte er sich längst an Reaktionen dieser Art gewöhnt, so dass er sie einfach überhörte.

»Wie lange wollen wir hier noch stehen?«, fragte Lisa, deren Lippen vor Kälte zu zittern begonnen hatten. Sie brauchte dringend einen Platz zum Aufwärmen und eine Toilette. »Die Journalisten gehen doch auch gerade alle rein.«

Dirk streifte sie mit einem vorwurfsvollen Blick. »Wir warten hier, bis sie wieder rauskommen. Immerhin wollen wir maximale Wirkung erzielen.«

Lisa seufzte. Ihre Augen wanderten über den Vorplatz. Die wenigen Schaulustigen, die noch übrig waren, zerstreuten sich oder versteckten sich unter Regenschirmen. Hier würden sie ganz sicher keine Aufmerksamkeit für ihr Anliegen erreichen, die Leute waren viel zu sehr mit sich selbst beschäftigt. Aber ging es nicht darum, überhaupt Präsenz zu zeigen? Immerhin war es doch wichtig, Flagge zu zeigen, klar zu machen, dass man nicht mitmachte bei einem Staat, der seine Bürger für seine kapitalistischen Interessen ausbeutete und Waffen in Kriegsgebiete exportierte, von der Massentierhaltung und der Umweltverschmutzung ganz zu schweigen. Es lief so viel schief in der Welt und die wenigsten waren bereit, sich dafür einzusetzen, etwas zu verändern.

»Ich suche mir mal ein Klo«, erklärte sie und schlüpfte an Dirk vorbei in Richtung des Cafés auf der gegenüberliegenden Straßenseite. Wenn sie freundlich fragte, ließ man sie vielleicht auf die Toilette. Auf dem Weg dorthin kam sie an Mücke vorbei. Dieser grinste verschwörerisch und hielt einen Karton mit Eiern hoch. »Die sind für Glocke. Wenn er rauskommt, dann erwische ich ihn, diesen Nazi!«

Lisa nickte. Vermutlich würde Mücke nicht einmal in die Nähe von Glocke kommen, geschweige ihn mit irgendetwas treffen können, doch sie wollte Mücke seine Aussicht auf einen geglückten Coup nicht schlechtreden, immerhin war das etwas, mit dem man abends vor den anderen prahlen konnte, ein Held des Antifaschismus. Davon träumte jeder in der

Antifa, vor allem die jungen Männer.

Mit raschen Schritten und gesenktem Kopf, um ihr Gesicht vor dem Regen zu schützen, eilte Lisa auf das Café zu. Der Druck in ihrer Blase wurde langsam unerträglich.

Der Festakt zu Ehren der Wiedervereinigung begann mit einer Rede des scheidenden Bundespräsidenten. Schon nach den ersten Sätzen schaltete Glocke ab. Er ertrug das ewig gleiche, moralisch aufgeladene Salbader nicht mehr, das die Vertreter der Altparteien zu allen Gelegenheiten absonderten. Seine Anhänger hatten für ihn und seinesgleichen nur ein Wort übrig: »Volksverräter!«. Sie verrieten die Interessen ihres Volkes, das konnte jeder sehen, der über mehr als eine Gehirnzelle verfügte. Irgendwann würde auch der Rest der Schafherde aufwachen und das erkennen, daran hatte Glocke keinen Zweifel. Und er würde dabei eine tragende Rolle spielen, das wusste er. Dann würden sich König und der lästige Wegmann umschauen. Wegfegen würde er sie und dann seinen Platz an der Spitze der Partei einnehmen, getragen vom Willen seiner stetig wachsenden virtuellen Followerschaft. Was man früher die Macht der Straße genannt hatte, hatte sich längst in das Netz verlagert, das hatte die PARTEI FÜR DEUTSCHLAND sehr viel schneller begriffen als alle anderen. Diese mochten zwar an der Macht sein, doch die Menge derer, die sich in Meinung und Ansichten von rechts beeinflussen ließen, wuchs ständig, katalysiert durch die Unzufriedenheit.

Im Frühjahr hatten die verzögerten Folgen der Corona-Krise voll zugeschlagen. Tausende Insolvenzen und gescheiterte Existenzen prallten auf das ohnehin schon überforderte Hartz-IV-System. Menschen, die jahrzehntelang gearbeitet hatten, lebten nun am Existenzminimum und in der gesellschaftlichen Isolation. Es handelte sich nicht um jene, die seit Generationen keinen Ausweg aus staatlicher Unterstützung fanden, sondern um Unternehmer, Arbeiter, Entrepreneurs. Keiner von denen wollte sich mit diesem Schicksal abfinden und in der PARTEI FÜR DEUTSCHLAND fanden sie einen Hort, an dem sie mit ihren Sorgen und ihrer Wut aufgefangen wurden.

Hatte man die Masse einmal auf Kurs gebracht, dann ließ sich mit ihr alles Mögliche anstellen. Auch eine Regierung stürzen.

Glocke räusperte sich und unterdrückte bei diesem Gedanken nur knapp ein Grinsen. Er fing den wütenden Blick von Anja Kilian auf, der Fraktionsvorsitzenden von BÜNDNIS 90/DIE GRÜNEN. Er nickte ihr freundlich zu, doch sie verzog das Gesicht und wandte sich demonstrativ ab.

»Blöde Ziege«, murmelte Glocke in sich hinein und ließ seinen abschätzigen Blick über ihren grellgrünen Rock und den selbstgestrickten Schal wandern. Mit ein bisschen Pech bekam Kilian bald einen Ministerposten und dann würden sich die

Deutschen umschauen. Unter einer schwarz-grünen Koalition würde man sicherlich das Autofahren und das Fleischessen verbieten und dafür ungefähr 24 neue Personalpronomen einführen, mit denen sich jeder Einzelne anreden lassen konnte. Was für Idioten!

Die Rede des Bundespräsidenten näherte sich nach rund 45 Minuten ihrem Höhepunkt. Peter nahm den Inhalt der Worte kaum wahr, so sehr war er damit beschäftigt, seinen Herzschlag zu kontrollieren. Sein Körper zeigte deutliche Zeichen von Aufregung, ein dünner Schweißfilm entstand zwischen seinen Händen und dem G22, seinem Gewehr.

Er löste die Hände abwechselnd vom Abzug und dem Kolben und wischte sie sich an seiner Uniform trocken in der Hoffnung, dass seine Kollegen seine Nervosität nicht bemerkten. Jetzt, so kurz vor dem Ziel, durfte einfach nichts mehr schiefgehen.

Sein Mund war auf einmal wie ausgetrocknet und er würde alles für einen Schluck aus seiner Wasserflasche geben, doch dafür blieb jetzt keine Zeit.

Durch sein Zielfernrohr nahm er erst die Kanzlerin, dann den Bundestagspräsidenten, den Präsidenten des Bundesverfassungsgerichts, den Vizekanzler, den designierten neuen Kanzler und den Bundesratsvorsitzenden in das Visier. Die sieben höchsten Würdenträger der Republik an einem Ort, in nur wenigen Metern Entfernung, und den Nachfolger noch dazu. Eine bessere Gelegenheit würde sich ihm niemals bieten. Der Augenblick war gekommen.

Peter holte tief Luft. Wäre er religiös, so würde er jetzt die Augen schließen, doch Peter glaubte nur an sich selbst und an sein Vaterland. Das war die einzige Religion, die er brauchte. Sie gab ihm alles. Und er würde nicht länger dulden, dass das, was ihm und vielen anderen heilig war, mit Füßen getreten wurde.

Er war kein Attentäter wie so viele andere. Es ging ihm nicht darum, möglichst viele Menschen mit sich in den Tod zu reißen, sondern darum, die politische Führungselite Deutschlands mit nur einem einzigen Schlag zu eliminieren und das Land auf diese Weise in das Chaos zu stürzen. Ohne funktionierende Regierung und damit Entscheidungsträger wäre die Nation kopflos und der Willkür einzelner Gruppen und Interessen ausgeliefert.

Er wusste, dass er nicht der Einzige war. Da draußen gab es viele, die nur auf ein Signal wie ein solches Attentat warteten, um selbst zu den Waffen zu greifen und sein Werk fortzusetzen. Mit keinem von ihnen stand er in Verbindung, zu groß wäre die Gefahr, von einem V-Mann an den Verfassungsschutz verraten zu werden oder bei einer Razzia oder Abhöraktion aufzufliegen.

Nein, er, Peter, flog seit Jahren unter dem Radar. Keine Kontakte zu Gleichdenkenden, keine Chatgruppen, keine Treffen. Nach außen war er einfach ein introvertierter Sonderling, der Spaß an Waffen hatte und gerne Sport trieb, noch dazu ein Staatsdiener mit einem hoch anspruchsvollen Job und viel Verantwortung. Er war es, der letztlich über Leben und Tod entschied. Genau das würde er auch heute tun. Nur würde es nicht geschehen, um jemanden zu beschützen, sondern um die Saat der Vernichtung auszubringen, die schon so lange in seinem Inneren keimte.

Peter öffnete die Augen. Er atmete ein, er atmete aus. Er fühlte seinen Herzschlag. Das Gesicht des Bundespräsidenten vorne am Rednerpult befand sich nun direkt im Zentrum seines Fadenkreuzes. Der Countdown war abgelaufen. Jetzt war es Zeit zu handeln.

»Hi«, sagte Lisa zu dem Mann mit den sanften, dunklen Augen und dem Bart hinter der Theke, als sie das Café betrat. Obwohl es Sonntag war, war nicht viel los. »Kann ich mal auf das Klo?«

Der Mann nickte und lächelte freundlich. »Ja, da hinten. Und, wie ist die Veranstaltung?«

Lisa zuckte mit den Schultern. »Keine Ahnung, wir stehen nur draußen.«

Sie hielt ihr Transparent hoch. »Wir sind die, die dagegen sind.«

Das Grinsen des Mannes wurde noch eine Spur breiter. »Finde ich gut«, sagte er. »Da, wo ich herkomme, darf man nicht demonstrieren. Wer seine Meinung sagt, landet im Gefängnis oder verschwindet ganz. Ich bin froh, hier zu sein.«

Lisa lächelte und spürte, wie sie ein bisschen rot

wurde. Von »normalen« Leuten erfuhr sie meistens nicht unbedingt Dankbarkeit oder Anerkennung für ihre politische Arbeit, obwohl es ja gerade diese Menschen waren, für die sie das alles auf sich nahm.

Als sie von der Toilette zurückkam, stellte er eine Tasse dampfenden Tees vor ihr ab.

»Für mich?«, fragte sie. »Aber ich habe gar ...«

»Schon gut«, sagte er und winkte ab. »Geht aufs Haus. Sieht aus, als könntest du etwas zum Aufwärmen gebrauchen.«

»Das stimmt allerdings«, sagte Lisa und schälte sich dankbar aus ihrem durchnässten Anorak, um auf einem Barhocker vor der Theke Platz zu nehmen. Die Tasse zwischen ihren Fingern war heiß und verbreitete eine kribbelnde Wärme auf ihrer Haut.

»Danke«, sagte sie, während sie die Tasse zu den Lippen führte. »Das ist echt lieb.«

»Ich bin Hamzi«, sagte der junge Mann.

»Lisa«, sagte Lisa und spürte, wie sich ihre Wangen erneut röteten.

Der erste Schuss traf den Bundespräsidenten mitten in die Stirn. Sein Gesicht nahm einen verdutzten Ausdruck an, dann sackte er nach hinten und fiel zu Boden.

Nicht sofort brach Panik aus, zu groß war der Schock, doch Peter achtete nicht auf die Reaktionen. Ihm blieben nur wenige Sekunden, bis seine Kollegen begreifen würden, was hier vor sich ging, und reagierten.

Laute Befehle gellten in seinem Ohr. Er ignorierte sie. Einige der Anwesenden begannen, sich suchend umzuschauen und instinktiv in Deckung zu gehen.

Er bewegte das G22 und zielte auf den Haarschopf der Bundeskanzlerin. Das rote Laserlicht war nur kurz zu sehen, dann drückte er den Abzug. Ihr Hinterkopf explodierte regelrecht, sie stürzte nach vorne wie ein gefällter Baum. Jetzt sprangen die Anwesenden auf, Schreie waren zu hören. Die Stimme in seinem Ohr überschlug sich. Der Bundestagspräsident stand und wandte der Empore sein Gesicht zu. Der Schuss traf ihn unterhalb des Auges, er brach zusammen. Der Präsident des Bundesverfassungsgerichts und der Bundesratsvorsitzende behinderten sich gegenseitig in dem verzweifelten Versuch, sich in Sicherheit zu bringen.

»Auf der Empore, auf der Empore, der Schütze befindet sich auf der Empore!«, brüllte Agnus in Peters Ohr.

Peter riss sich den Knopf aus dem Ohr. Es war beinahe vollbracht. Er zielte auf den Präsidenten des Bundesverfassungsgerichts, doch dieser vollführte im letzten Augenblick eine Drehung und riss den Arm nach oben, so dass der Schuss ihn in den Oberarm traf, ein glatter Durchschuss. Doch das Glück war auf Peters Seite. Die Kugel durchschlug den Arm des Präsidenten des Bundesverfassungsgerichts und bohrte sich anschließend in den Oberkörper des Bundesratsvorsitzenden.

Dieser griff sich an die Brust und stürzte dann

über die Stuhlreihe vor ihm.

Die sechste Kugel traf den Vizekanzler, der sich panisch nach allen Seiten umsah, zwischen die Schulterblätter. Er stürzte zu Boden wie ein gefällter Baum.

Peter senkte sein Gewehr, um nachzuladen. Es war erst vorbei, wenn es vorbei war.

»Was ist da los?«, fragte Hamzi. »Waren das Schüsse?« Blanke Angst zeigte sich auf seinem Gesicht.

Lisa setzte die Teetasse ab. »Schüsse? Ich habe nichts gehört.«

Hamzis Gesicht war kalkweiß, seine Augen weit aufgerissen. »Nein, das waren Schüsse. So ein Geräusch vergisst man niemals.«

Lisa drehte den Kopf und blickte aus der Fensterfront. Die Türen des Doms waren geöffnet, Menschen quollen aus dem Inneren hervor und rannten mit panischem Gesichtsausdruck ziellos über den Vorplatz. Sie entdeckte Mücke, Flipp und Dirk, leicht zu erkennen an ihren bunten Kleidern und den Transparenten. Auch sie schienen verwirrt über das, was gerade geschah.

Polizisten stürmten auf den Dom zu.

»Da ist etwas passiert«, murmelte Lisa, mehr zu sich selbst als zu Hamzi. Es kam ihr vor, als bewegte sie sich in Zeitlupe, als sie sich von dem Barhocker schwang und das Café verließ, auf die Gruppe ihrer Mitstreiter zu.

Es war wie ein Rausch. Peter schoss und lud nach und schoss und lud nach.

Wie oft, vermochte er nicht zu zählen. Er handelte mechanisch, alle Aufregung war verschwunden. Er befand sich in einer Art Tunnel, seine Wahrnehmung war eingeengt auf das, was er tat. Nichts anderes existierte, kein Gestern, kein Morgen, nur das hier und jetzt. Wieder und wieder fühlte er den Rückschlag des G22 an seiner Schulter, wieder und wieder betätigte sein Zeigefinger den Abzug und sorgte für das Aufblitzen des Mündungsfeuers.

Ganz gleich, wie oft er und seine Kollegen oder auch die Einsatzleiter eine solche Situation trainiert hatten, niemals waren sie davon ausgegangen, dass ein möglicher Täter aus den eigenen Reihen kommen könnte. Dementsprechend schlecht war man auf so ein Ereignis vorbereitet. Zwar hatten seine Kollegen die Herkunft der Schüsse korrekterweise auf der Empore lokalisiert, doch sie stürmten mehrfach an Peter vorbei, auf der Suche nach einem möglicherweise versteckten Attentäter.

In dieser Zeit konnte Peter ungestört sein Werk fortsetzen und das tat er mit unverminderter Präzision. Mit einem zweiten Schuss in die Schläfe hatte er den Präsidenten des Bundesrats im Liegen regelrecht hingerichtet. Nachdem die wichtigsten Zielpersonen ausgeschaltet waren, hatte er nicht etwa ziellos umhergeballert, sondern sich am designierten Nachfolgekanzler, dem Kanzleramtschef, dem Innenminister und dem Außenminister abgearbeitet.

Letzteren hatte er von hinten erwischt, direkt zwischen die Schulterblätter. Der Mann war nach vorne gestolpert und hart mit der Stirn auf einer der Stufen im vorderen Bereich des Doms aufgeprallt, wo er reglos liegengeblieben war.

Plötzlich sah Peter direkt in Agnus' Gesicht, das aus der in Panik fliehenden Menge zu ihm schaute, ihn mit den Augen fixierte. Er las von Agnus' Lippen ab, was dieser in sein Funkgerät bellte. »Es ist einer von uns. Es ist Dombrak, oben auf der Empore!«

Sekunden vergingen, die sich anfühlten wie Stunden. Er beobachtete, wie sich eine Einheit Bewaffneter in Richtung der Treppe bewegte, die hinauf zur Empore führte. In wenigen Augenblicken würden sie ihn erreicht haben. Noch zwei Schuss befanden sich in seinem Magazin. Dombrak feuerte weiter.

»Dombrak, geben Sie auf!«, brüllte Agnus.

Ein Schuss traf ihn am Oberschenkel. Warmes Blut strömte heraus und durchtränkte seine Uniformhose, doch er spürte es kaum. Kein Schmerz erreichte sein vom Adrenalin beflügeltes Bewusstsein. Sein Fokus lag ganz und gar auf dem, was sich im Fadenkreuz vor ihm befand. Zwar leerte sich der Dom in beachtlicher Geschwindigkeit, doch es mangelte dennoch nicht an lohnenswerten Zielen, so zum Beispiel die Bundesbildungsministerin oder der Regierungssprecher. Keinen von beiden erwischte Dombrak. Irgendetwas stimmte mit seinen Fingern nicht. Sie wollten ihm nicht mehr gehorchen. Ein zweiter Schuss traf ihn, diesmal in den Rücken. Er spürte den brennenden Schmerz und eine seltsame Taubheit in seinen Extremitäten. Dann umfing ihn Dunkelheit.

Im Nachhinein wusste Bernd Glocke nicht mehr zu sagen, wie er es aus dem Dom herausgeschafft hatte. Kurz nachdem der Bundespräsident mit einem Kopfschuss auf dem Boden gelegen hatte, war das absolute Chaos ausgebrochen. In heller Panik hatten die Menschen versucht, den Ausgang sowie die Notausgänge zu erreichen, und sich dabei gegenseitig behindert. An die weiteren Schüsse konnte sich Glocke nicht mehr erinnern, nur an den ersten, der den Bundespräsidenten getroffen hatte. Anschließend hatte dieser auf dem Boden gelegen, ein dünnes Rinnsal Blut auf seiner Stirn. Ein Anblick, so surreal, so unwirklich, dass sich Glocke noch immer nicht sicher war, ob er das alles nur geträumt hatte.

Doch die Panik draußen auf dem Platz war echt. Alle liefen durcheinander, Polizisten bellten Durchsagen in Megafone, die niemand verstand. Wer konnte, versuchte, den Dom und auch den Vorplatz zu verlassen.

Ein Attentat. Jemand hatte den Bundespräsidenten und augenscheinlich auch weitere Mitglieder der Bundesregierung ermordet, hinterrücks erschossen während des Festakts zur Wiedervereinigung. Wer steckte dahinter? Ein islamistischer Terrorist? Immerhin hatte es seit dem vergangenen Herbst in mehreren europäischen Städten neue islamistische Attentate gegeben, die die Sicherheitsbehörden in helle Aufregung versetzt hatten.

Doch wie hätte es ein Attentäter in den gut gesicherten Dom und in die Nähe der mehrfach geschützten Regierungsmitglieder schaffen sollen? Glocke wagte kaum, den Gedanken zu Ende zu denken. War es möglich, dass aus den Reihen der Anwesenden, vielleicht sogar der Polizisten selbst, jemand aus dem Schatten hervorgetreten war und gehandelt hatte? Seit Monaten gab es Gerüchte über mögliche rechte Netzwerke in den Reihen von Polizei und Bundeswehr. Chatprotokolle und Hausdurchsuchungen hatten Beunruhigendes zu Tage gefördert, doch sämtliche Innenminister, den Bundesinnenminister eingeschlossen, hatten das Problem kleingeredet und von Einzelfällen gesprochen.

Doch Glocke wusste es besser. Zu oft hatte er auf einschlägigen Kneipenabenden und Veranstaltungen neben Männern gesessen, die im Berufsleben vereidigte Staatsschützer waren, privat aber aus ihrer Meinung keinen Hehl machten, vor allem nicht im linksversifften Berlin, wo man seit Jahrzehnten, politisch gewollt, das Problem mit den kriminellen Clans kleinredete und die Polizei mehr oder weniger tatenlos zusehen musste, wie sich in Neukölln und anderswo rechtsfreie Räume eröffneten, in denen die Clans schalten und walten konnten, wie sie wollten.

Hatte so einer etwa die Gelegenheit ergriffen

und gehandelt? Glocke kam nicht umhin, so etwas wie Anerkennung zu empfinden. Ein solcher Anschlag erforderte nicht nur eine hochpräzise Planung, sondern auch Geduld und die Fähigkeit, im Verborgenen zu agieren, auf den richtigen Moment zu warten.

Bewaffnete Polizisten stürmten an ihm vorbei, in den Dom hinein. Andere versuchten, die Menschenmenge auf dem Vorplatz zu dirigieren und dazu zu bringen, den Platz zu verlassen. Der Täter war offensichtlich noch nicht gefasst, auch wenn keine weiteren Schüsse zu hören waren. Aufgeregte Reporter hielten Ansprachen vor hektisch hochgerissenen Kameras. Auch ihm hielt jemand ein Mikro unter die Nase und Bernd Glocke stammelte einige zusammenhanglose und entsetzte Wörter hinein. Niemand unter den Anwesenden hätte damit gerechnet, dass der heutige Tag eine solche Wendung nehmen konnte. Glocke riss sein Handy heraus und schaltete auf Live-Stream. Das durften seine Follower auf gar keinen Fall verpassen.

3. Kapitel

»Und, was hat euch am besten gefallen?«, fragte Sabine ihre drei Kinder.

Mia strahlte über das ganze Gesicht. »Ich fand es toll, die Ziegen zu streicheln. Die haben mir das Futter direkt aus der Hand geklaut!«

»Nur gut, dass du deine Tüte so gut festgehalten hast, ich glaube, sonst wärst du sie losgewesen«, lachte Farid mit einem Blick in den Rückspiegel.

»Kann ich mich gleich noch mit Lena verabreden?«, fragte Merle, die während der gesamten Fahrt auf ihrem Handy herumdrückte und ein betont gelangweiltes Gesicht machte. Tierparks waren für Babys, so viel stand fest, und sie fand es vollkommen daneben, mit auf diesen Familienausflug geschleift worden zu sein.

»Mensch, Merle, nun sei doch nicht immer so! Früher bist du so gerne in den Tierpark gegangen. Du hast dich immer so gefreut, wenn die Wildschweine wieder Frischlinge hatten und angelaufen kamen, wenn du sie füttern wolltest.«

Merle rollte mit den Augen. »Mama, das ist ewig her. Erzähl doch am besten noch davon, wie ich mal Windeln angehabt habe.«

Sabine und Farid tauschten einen kurzen Blick und Sabine legte ihre Hand auf Farids, die auf dem Schaltknüppel lag. Es war kurz nach vier am Nachmittag, die Autobahn war leer. Inzwischen wurde es immer früher dunkel und sie war froh, bald mit einer heißen Tasse Tee oder einem Glas Rotwein den Rest des Sonntags auf dem Sofa verbringen zu können, auch wenn sie ohnehin noch arbeiten musste. Der morgige Tag würde anstrengend genug werden. Die Berichterstattung über den Festakt würde sie auch am Tag danach ganz und gar in Beschlag nehmen, doch daran wollte sie jetzt nicht denken.

Sie schaltete das Radio ein und drehte lauter.

»... *der Attentäter wartete offensichtlich bis zum Beginn des Festakts und eröffnete dann das Feuer. Nur wenig ist bisher über den Täter oder die Ereignisse bekannt, die Polizei spricht aber von einem Einzeltäter und bestätigt, dass es Tote und zahlreiche Verletzte gibt. Nach derzeitigem Kenntnisstand sind mehrere hochrangige Regierungsmitglieder unter den Opfern. Bislang unbestätigt ist eine Meldung, nach der sich auch die Bundeskanzlerin, der Bundespräsident und der Präsident des Bundestags unter den Toten befinden sollen. Das Gebiet rund um den Dom wurde weitläufig abgeriegelt, zur Stunde gibt es noch keine neuen Informationen ...*«

Sabine erstarrte. Reflexartig drehte sie das Radio leiser und sah Farid mit großen Augen an.

»Ein Attentat«, sagte sie.

Farid warf ihr einen vieldeutigen Blick zu, dann drehte er das Radio wieder lauter und wechselte den Sender zu einem reinen Nachrichtensender.

»... *unbestätigten Meldungen zufolge trug der Täter zahlreiche X-Symbole auf seiner Kleidung. Vermutet wird deshalb ein möglicher rechtsradikaler*

Hintergrund. Wie viele Tote es gibt und ob auch die Bundeskanzlerin und ihr Nachfolger unter den Toten sind, ist bislang unklar. Bestätigt ist bisher nur, dass es mehrere Tote und zahlreiche Schwerverletzte gibt. Auch Minister und andere Mitglieder der Regierungsparteien sollen unter den Toten sein. Staatsoberhäupter aus der ganzen Welt bekunden ihr Entsetzen über den Anschlag in Berlin und sichern Deutschland Hilfe zu. Ungeklärt ist auch, wie das weitere Verfahren ist. Der nordrhein-westfälische Ministerpräsident ist der Erste, der mit einem Statement an die Presse getreten ist. Wer die weiteren Regierungsgeschäfte übernimmt, sollten die Bundeskanzlerin, der Vizekanzler und auch der neugewählte Bundeskanzler unter den Toten sein, ist Anlass für Spekulationen ...«

»Mama? Was hat das zu bedeuten? Ist die Bundeskanzlerin tot?« Leons Augen waren groß.

»Du Dummkopf, das haben sie doch gerade gesagt. Mama, was heißt das denn? Hat jemand die Bundeskanzlerin erschossen?«, fragte Merle.

Sabine schluckte. Ihre Hände hielten den Innengriff der Autotür so fest umklammert, dass ihre Knöchel weiß hervortraten.

»Es hört sich so an, als hätte es ein Attentat gegeben«, sagte Sabine und ihre Stimme schien von weit her zu kommen. »Mehr wissen wir noch nicht.«

»Mama, was heißt Attentat?«, wollte Mia wissen.

Farid blickte in den Rückspiegel. »Ein Attentat bedeutet, dass jemand etwas Böses getan und anderen Menschen wehgetan hat.«

»Hat er sie umgebracht? Wen hat er umgebracht?«
Mias Augen füllten sich mit Tränen. »Kann er uns
auch umbringen?«

»Keine Sorge, mein Schatz, wir sind in Sicherheit.
Was haltet ihr davon, wenn wir uns die neue CD
anhören, die uns Mama gekauft hat?« Farid schob
die CD mit einer Erzählung von Astrid Lindgren in
den CD-Spieler und drehte die Lautstärke auf. Die
beruhigende Stimme der Erzählerin breitete sich
im Wagen aus und konnte doch den Schock über
das Gehörte nicht überdecken. Alle saßen mit vor
Schreck blassen Gesichtern im Auto und starrten vor
sich hin.

Farid sah zu seiner Frau. Er ahnte, was in ihr
vorging.

»Ich muss in die Redaktion«, murmelte Sabine
so leise, dass die Kinder auf der Rückbank sie nicht
hören konnten.

»Bist du dir sicher?«, fragte Farid ebenso leise.
»Du weißt doch gar nicht, was in Berlin gerade los
ist. Ich finde, du solltest bei deiner Familie bleiben
...«

Sabines Handy klingelte. Sie zog es hervor und
blickte auf das Display. »Das ist die Redaktion«,
sagte sie und biss sich auf die Lippen. Dann nahm sie
ab. »... ja, habe es gerade im Radio gehört. Was weiß
man schon? ... Ok, verstehe ... ja, ich bin in etwa einer
Stunde da, ich bringe nur noch meine Kinder nach
Hause.« Sie legte auf. »Ich muss, Farid«, sagte sie
und berührte mit ihrer Hand sein Knie. Farid ergriff

ihre Hand und drückte sie fest. Schweigend lauschten sie der Erzählung aus den Lautsprechern, bis sie die Einfahrt ihres Hauses erreichten.

Zu Hause angekommen, stürzte Farid noch in Jacke und Stiefeln zum Fernseher und schaltete ihn an.

»Es ist auf allen Sendern«, murmelte er, während er zwischen den Kanälen hin und her schaltete. Auf einem privaten Nachrichtensender blieb er schließlich hängen. Verwackelte Handyaufnahmen vom Vorplatz des Domes flimmerten über den Bildschirm. Geräusche, die wie Schüsse klangen, waren zu hören, gefolgt von Schreien. Menschen rannten über den Vorplatz, ebenso wie Polizisten. Alles wirkte sehr chaotisch.

Die Nachrichtensprecherin saß in einem roten Kostüm in dem Newsroom, unter ihr lief ein Band. SCHÜSSE BEI VERANSTALTUNG ZUR WIEDERVEREINIGUNG. MEHRERE MITGLIEDERDERREGIERUNGGETROFFEN, DIE POLIZEI BERICHTET VON TOTEN UND VERLETZTEN. POLIZEISPRECHER BERLIN: NOCH ZU FRÜH, UM KONKRETE AUSSAGEN ZU MACHEN. AUGENZEUGEN BERICHTEN VON EINEM EINZELTÄTER.

»Liebe Zuschauer, falls Sie gerade erst zuschalten, bei den offiziellen Feierlichkeiten zur Wiedervereinigung im Dom zu Berlin ist es zu einem Zwischenfall gekommen. Ein Bewaffneter schoss in die Menge und richtete seine Waffe offenbar gezielt auf Regierungsmitglieder, die sämtlich in der ersten Reihe saßen. Bisher wissen wir von mehreren Toten, darunter auch hochrangige Regierungsmitglieder und Gerüchten zufolge auch die Bundeskanzlerin, der Vizekanzler und ihr Nachfolger«, erklärte die Nachrichtensprecherin, die unter ihrem Make-up merkwürdig blass wirkte. Die Ereignisse hinterließen offensichtlich auch bei ihr erkennbare Spuren.

»Wir schalten jetzt live zu unserem Reporter vor Ort, Thomas Leifheit. Thomas, wie ist die Lage vor dem Berliner Dom?«, sagte die Nachrichtensprecherin.

Sabine lief hinter ihm hektisch hin und her. »Kannst du den Kindern Abendbrot machen?«, rief sie aus der Küche, während sie ihre Sachen zusammensuchte, doch Farid hörte sie gar nicht. Wie gebannt starrte er auf den Fernseher.

Leon kam herein und trat neben seinen Vater. Er legte ihm den Arm um die Schulter.

»Papa, was ist denn da los? Alle reden nur noch von dem Attentat? Kann uns jetzt auch etwas passieren?« Furcht war auf Leons Zügen zu lesen.

Farid schloss seinen Sohn in die Arme. »Mach dir keine Sorgen, mein Großer! Alles ist in bester Ordnung. Weißt du, wir leben hier in einer Demokratie. Das ist das Tolle an Deutschland. Hier kann nicht einfach jemand mit einer Waffe kommen und alles vernichten. Es gibt Gesetze und Strukturen und Vorkehrungen. Es ist schrecklich, was in Berlin geschehen ist. Viele Menschen sind tot und wer auch immer da geschossen hat, hat viel Leid verursacht. Aber uns kann nichts geschehen. Wir sind geschützt. Die Polizei hat den Täter schon.«

»... unseren Informationen zufolge handelt es sich um einen Einzeltäter, der möglicherweise, so Gerüchte, sogar aus den Reihen der Polizei stammt. Es ist, so ist uns zu Ohren gekommen, sogar möglich, dass er ursprünglich zum Sicherheitspersonal gehörte, das hier rund um die Veranstaltung eingesetzt wurde«, sagte der Reporter gerade in die Kamera. Mit einer Hand hielt er sich den Knopf im Ohr fest, um die Schalte in das Nachrichtenstudio weiterverfolgen zu können. Im Hintergrund war der Dom zu sehen, der allmählich in der Dämmerung versank. Zahlreiche Blaulichter flackerten, Menschen liefen noch immer aufgeregt hin und her.

»Thomas, ist denn die Gefahr am Berliner Dom inzwischen gebannt oder geht die Polizei davon aus, dass es weitere Anschläge geben könnte?«, fragte die Nachrichtensprecherin.

»Zum derzeitigen Zeitpunkt gibt es keine Hinweise darauf, dass es weitere Täter gibt oder dass weitere Anschläge geplant sind«, antwortete der Reporter.

»Was kannst du uns denn zu den Hintergründen der Tat sagen? Hatte der Täter psychische Probleme? Oder war er in irgendeiner Form radikalisiert?«, fragte die Nachrichtensprecherin weiter.

»Aktuell können wir zu den Hintergründen noch gar nichts sagen, es gibt nur einige unbestätigte

Spekulationen. Der Täter wurde von der Polizei angeschossen und befindet sich aktuell auf dem Weg in das Krankenhaus. Aufgrund seiner Verletzung konnte er noch nicht befragt werden, doch alles deutet darauf hin, dass er alleine gehandelt hat. Zu möglichen Hintergründen wissen wir zur Stunde noch gar nichts, doch immer wieder werden Vermutungen laut, dass der Täter einen rechtsextremen Hintergrund hat und das Attentat gezielt geplant hat, um einen in rechtsradikalen Kreisen immer wieder diskutierten Tag X auszulösen«, erklärte der Reporter.

»Und was kannst du uns über diesen Tag X sagen?«, fragte die Nachrichtensprecherin weiter.

»Nun, es handelt sich um ein Phänomen, das im Internet immer wieder diskutiert wird und da vor allem in rechtsextremen Kreisen. Der Tag X, das ist der Tag, an dem der rechte Umsturz beginnen soll. Einzelne Attentate können in Deutschland oder weltweit als Signal aufgefasst werden, dass eben dieser Umsturz jetzt beginnt, und so die Ursache für weitere Gewalttaten bilden«, erklärte der Reporter. Eine Windböe erfasste seinen Mantel und bauschte ihn auf.

Draußen vor den Fenstern verriet lautes Prasseln, dass es zu regnen begonnen hatte.

Leon stand neben dem Sofa, auf dem sein Vater saß, und kaute aufgeregt an seinen Fingernägeln, ohne seinen Blick vom Bildschirm abzuwenden.

Sabine kam herein. »Farid!«, rief sie mahnend. »Du siehst doch, dass es dem Jungen Angst macht.

Schalt doch um!«

Doch Farid reagierte nicht. Auf dem Fernseher waren jetzt verwackelte Bilder zu sehen, die zeigten, dass mehrere Schwerverletzte in Krankenwagen verladen wurden, allerdings waren auch schwarze Leichenwagen zu sehen.

»Weiß man schon, wer unter den Toten ist?«, fragte Sabine.

Diesmal reagierte Farid mit einem Kopfschütteln. »Es ist immer wieder die Rede von hochrangigen Regierungsmitgliedern, aber wer es genau ist, darüber sagen sie nichts.«

»Sie wollen vermutlich keine Panik verbreiten«, sagte Sabine, die sich gerade wieder ihre Jacke überzog. Sie beugte sich zu Farid und drückte ihm einen Kuss auf die Wange. »Ich fahre jetzt los, ja? Ich rufe dich an, wenn ich in der Redaktion bin.«

Farid ergriff ihre Hand. »Bitte, nimm den Wagen. Fahr nicht mit den Öffentlichen.«

»Um dann nach einem Parkplatz zu suchen?« Im Versuch, scherzhaft zu wirken, hob Sabine eine Augenbraue, doch der Versuch misslang.

»Ich meine es ernst, Sabine«, sagte Farid mit Nachdruck. »Du hast keine Ahnung, was in der Stadt jetzt los ist und ob es mögliche Nachahmungstäter gibt. Du hast doch gehört, was sie über den Tag X gesagt haben.«

»Kann Mama was passieren?«, fragte Leon alarmiert.

Sabine küsste ihn noch einmal, dann ihren Sohn.

»Mama wird nichts passieren, mein Schatz«, sagte sie. »Ich passe schon auf mich auf.« Mit diesen Worten verschwand sie aus der Tür.

Farids Telefon klingelte. Er nahm ab. Es war sein Freund, Mohammed. Die beiden kannten sich aus Farids früherem Fußballverein in Berlin.

»Ja?«

»Farid, hast du gesehen, was in Berlin los ist?«

»Ja, Sabine fährt gerade zurück in die Redaktion.«

»Das ist der Anfang.« Mohammeds Stimme klang aufgeregt, so als liefe er panisch auf und ab.

»Der Anfang von was?«

»Von diesem Tag X! Im Internet schreiben sie überall darüber. Das Attentat von diesem Polizisten ist nur der Anfang. Wenn jetzt die Bundeskanzlerin, der Vizekanzler und das halbe Kabinett tot sind, wer soll dann dieses Land regieren? Du wirst sehen, Farid, bald herrscht hier auch Bürgerkrieg, wie zu Hause in Syrien!«

Mohammed stammte aus Syrien, aus Damaskus. 2012 war er als Flüchtling nach Deutschland gekommen, geflohen vor dem Krieg und dem Chaos in seinem Heimatland. Seither lebte er in der ständigen Angst, der Krieg könnte auch nach Deutschland kommen, ihn verfolgen wie ein Albtraum.

»Mohammed, beruhige dich. So schlimm wird es nicht kommen! Du siehst doch, die Sicherheitsbehörden sind gut vorbereitet. Es wird keinen Krieg geben!«, versuchte Farid, seinen Freund zu beruhigen.

Während er telefonierte, stand er auf und ging in den Flur, wo er Jacke und Stiefel abstreifte. Anschließend ging er in die Küche, um für die Kinder das Abendessen vorzubereiten.

»Woher möchtest du das wissen? Schau doch nur hin, die Kanzlerin ist tot! Und der Vizekanzler, der neue Kanzler, der Bundespräsident, Bundestagspräsident, Präsident des Bundesverfassungsgerichts, Bundesratsvorsitzender, der Chef des Kanzleramts, der Innenminister ...«

»Mohammed, hör auf! Alles hier wird weiter funktionieren, so wie es in diesem Land schon seit Jahrzehnten funktioniert. Das hier ist nicht Syrien, auch nicht Algerien. Das hier ist Deutschland! Hier kann so etwas wie ein Bürgerkrieg gar nicht passieren!« Farid sprach schnell und abgehackt. Er spürte, dass er diese Dinge nicht nur sagte, um Mohammed zu beruhigen, sondern auch sich selbst.

Merle war nach oben gegangen und telefonierte, Mia saß mit großen Augen auf den Treppenstufen. Farid ging zu ihr und streichelte ihr über den Kopf. Dann schaltete er für sie und Leon das Kinderprogramm im Fernsehen an. Auf keinen Fall wollte er sie noch mehr ängstigen.

»Aber so hat es doch in Syrien auch angefangen«, beharrte Mohammed. »Erst waren da die Proteste, dann die Attentate und dann der Bürgerkrieg. Alles ging ganz schnell!«

»Nein«, sagte Farid und schüttelte energisch den Kopf, auch wenn Mohammed am anderen Ende der

Leitung das nicht sehen konnte. »Das hier ist etwas anderes. Viele Menschen sind tot, das Attentat ist schrecklich, aber es wird dieses Land nicht in das Chaos stürzen. Das ist überhaupt nicht möglich! Nicht in Deutschland!«

Er konnte hören, wie Mohammed tief Luft holte, offenbar, um noch etwas zu erwidern, deshalb sagte er rasch: »Ich muss jetzt auflegen. Ich bin allein mit den Kindern, Sabine ist nach Berlin gefahren. Ich muss mich um das Abendbrot kümmern. Mohammed, versprich mir, dass du zu Hause bleibst. Wir haben keine Ahnung, ob nicht irgendwelche Spinner auf die Idee kommen, Nachahmungstaten zu begehen. Es ist nicht sicher, wenn man ...« – er zögerte kurz – »so aussieht wie wir. Wie Ausländer eben, ok?«

»Es hat begonnen«, sagte Mohammed dumpf. »Es hat begonnen, der Krieg ist hier, er hat mich gefunden, auch hier in Deutschland. Ab jetzt ist es für niemanden mehr sicher.« Mit diesen Worten legte er auf.

Farid spielte mit dem Gedanken, seinen Freund zurückzurufen, auf ihn einzureden, damit er keine Angst mehr hatte, doch auf einmal stand Mia vor ihm. »Papa, ich habe Hunger«, sagte sie mit weinerlicher Stimme. »Kannst du mir einen Grießbrei kochen?«

Farid lächelte. »Aber sicher, mein Schatz. Komm, setz dich hier hin. Das Abendessen ist gleich fertig.«

Die in der Redaktion herrschende Anspannung und Aufregung waren bereits vor dem Gebäude spürbar. Einige von Sabines Kollegen standen draußen, rauchten und gestikulierten heftig, während sie sich unterhielten.

Eiligen Schrittes ging Sabine an ihnen vorbei, nickte ein paar von ihnen zu und verschwand im Inneren des Zeitungsgebäudes.

Im Aufzug traf sie auf Selim.

»Unfassbar«, sagte sie, als Sabine hereinkam. »Ich meine, eben recherchiere ich noch zu diesen rechten Arschlöchern und jetzt ballert einer von ihnen im Dom rum.«

»Stimmt es, dass es ein Polizist war?«, fragte Sabine.

»Ja, das steht wohl fest.« Selim drückte den Knopf für den dritten Stock.

»Niklas und Eugen sind vor Ort, zum Glück ist ihnen nichts passiert. Rund um den Dom muss das totale Chaos herrschen. Niemand weiß, wer genau verletzt oder tot ist, sie halten die Informationen zurück. Und im Netz geht die Post ab. Lauter rechte Spinner jubeln, dass der Tag der Wahrheit gekommen sei.«

»Tag der Wahrheit?« Sabine blickte Selim fragend an.

»Ja, oder der Tag X. Das ist so eine fixe Idee unter Rechten. Eines Tages geht es los mit dem Umsturz. Einer ballert los und alle Rechten im Land ziehen nach, totaler Wahnsinn.«

Ein »Pling« verkündete, dass sie den dritten Stock erreicht hatten. Auch hier empfing sie aufgeregtes

Gewusel. Alle liefen und redeten durcheinander, Redakteure hatten Handys am Ohr oder starrten auf Bildschirme.

Im Konferenzraum erwartete sie Langemann.

»Ah, Sabine und Selim, da seid ihr ja endlich, sehr gut. Wir brauchen alle verfügbaren Kräfte. Eugen, kannst du mich hören?« Langemann hatte ebenfalls sein Handy am Ohr. »Kannst du bestätigen, dass die Bundeskanzlerin unter den Toten ist? Wie lange brauchen die denn, um die Toten zu identifizieren?«

Langemann nahm das Handy vom Ohr und schaltete auf laut. Abgebrochen war Eugens Stimme zu hören. »Gerade werden die ersten Leichen abtransportiert, doch das Ganze wird sehr gut abgeschottet. Wir können Gerüchte bestätigen, dass sowohl die Bundeskanzlerin als auch der Präsident des Bundestags und der Präsident des Bundesrats unter den Toten sind. Die Sache geht gerade beim Fernsehen live.«

Für einen Moment herrschte in dem Konferenzraum Totenstille. Alle sahen sich betroffen an.

»Was bedeutet das jetzt?«, fragte Kathrin, die gerade hereingekommen war. »Ich meine, wer regiert denn jetzt?«

Langemann presste seine Lippen aufeinander. »Niemand. Unsere Regierung ist tot.« Er rang die Hände. »Ich meine, in den USA gibt es dafür immer ein Regierungsmitglied, das im Vorfeld ausgewählt wird und dann die Regierung übernimmt, also, sollte jemand Präsident und Vize und alle anderen auslöschen. Aber bei uns hier in Deutschland ...« Er beendete seinen Satz nicht.

Lukas, Praktikant in der Redaktion, stürmte herein. Der schlaksige blonde Junge war puterrot im Gesicht.

»Im Netz«, stieß er hervor. »Es gibt weitere Attentate.«

Langemann fuhr auf. »Wo?«

»In Neubrandenburg, Mannheim, im Emsland und Passau.«

»Was für Attentate?«

»In Neubrandenburg sind Unbekannte in ein Flüchtlingsheim eingedrungen. Sie haben fünf Männer mitgenommen, angeblich, um sie zu verhaften. In Mannheim hat jemand mit einem Luftgewehr auf Passanten geschossen, bislang nur Verletzte, keine Tote, im Emsland wurde ein Bürgermeister vor seinem Haus angegriffen und in Passau versammelt sich gerade ein Mob auf den Straßen und verlangt, dass die Bundeswehr zum Schutz deutscher Bürger eingesetzt wird.«

»Zum Schutz deutscher Bürger?« Langemann runzelte die Stirn.

Lukas hielt sein Handy hoch. Eine Fotomontage, offenbar hastig zusammengestellt, zeigte den brennenden Reichstag, darüber eine Deutschlandfahne und der Satz DER TAG X IST DA! WER SEIN VATERLAND LIEBT, GREIFT JETZT ZU DEN WAFFEN. WIR BRAUCHEN

JEDEN EINZELNEN VON EUCH, DANN
HAT DIE HERRSCHAFT DES UNRECHTS
ENDLICH EIN ENDE.

»Zeig mal her«, sagte Langemann. »Wo im Netz
finde ich das?«

Lukas kam neben ihn und beugte sich über den
Laptop, der aufgeklappt vor Langemann auf dem
Tisch stand. Seine Finger flogen über die Tastatur.

»Das Netz ist voll davon. Da, in Aschaffenburg
schreibt einer, er geht jetzt raus, um ein paar Neger zu
jagen ...«, las Lukas vor.

»Und da, da schreibt eine Frau, dass bei ihr im
Block jemand Molotow-Cocktails in die Fenster von
Wohnungen wirft, in denen Ausländer wohnen«,
sagte Langemann. Er hob den Blick. »Drehen denn
jetzt alle durch? Was soll das?«

»Das ist dieser Tag X«, sagte Kathrin und Selim
nickte.

»Die Rechten fantasieren schon ewig davon.
Sie erzählen sich ständig davon, dass es eines Tages
einfach losgeht. Einer macht den Anfang und alle
ziehen mit. Sie wollen die Regierung stürzen, Schluss
machen mit Multikulti, abrechnen mit den Linken.«

Lukas startete ein verwackeltes Handyvideo. Laute
Schreie waren zu hören, gefolgt von dem Getrappel
von Stiefeln. »Das ist in Leipzig«, sagte er. »Da
haben sie gerade ein linkes Zentrum angegriffen und
jagen die Leute quer durch die Stadt.«

»Der Tag der Abrechnung«, wisperte Kathrin.

»Was sagt denn die Polizei dazu?«, wollte Sabine

wissen. »Ich meine, es kann doch jetzt nicht einfach jeder machen, was er will, wir leben doch in einem …«

»Rechtsstaat?« Langemann sah sie an. Etwas an seinem Blick war seltsam und beunruhigte Sabine zutiefst. »Dieser Rechtsstaat wurde gerade enthauptet, falls es dir entgangen ist. Und die Polizei kann nicht überall sein. Wenn jetzt rechte Spinner im ganzen Land losrennen und Selbstjustiz verüben, was soll die Polizei dann machen? Jeden Ausländer und jeden Politiker persönlich schützen?«

Langemann erhob sich und schlug mit der flachen Hand auf den Tisch, so laut, dass im Raum alle zusammenzuckten. »Wir haben es hier mit einer Katastrophe nationalen Ausmaßes zu tun. Nie zuvor hat es einen solchen Anschlag gegeben, weder in Deutschland noch anderswo. Die gesamte politische Führung wurde mit ein paar Schüssen eines Wahnsinnigen einfach ausradiert. Das Land ist kopflos und anscheinend nutzen ein paar Durchgeknallte die Gunst der Stunde für ihre ganz persönliche Vendetta. Wir wissen schon lange, nicht erst seit den Demonstrationen gegen die Corona-Maßnahmen, dass die Anzahl der Irren in diesem Land ständig wächst, doch anscheinend sind es jetzt Irre mit Waffen.«

»Ich denke, wir sollten keine Panik verbreiten«, hörte Sabine sich sagen. Ihre Stimme klang mechanisch und schien von weit her zu kommen. »Ich meine, auch unsere Regierung hat doch für so einen Fall sicher einen Notfallplan. Jemand wird die

Regierungsgeschäfte übernehmen und die Lage wieder unter Kontrolle bringen. Wir sollten auf keinen Fall Panik verbreiten. Noch sind die Meldungen da aus dem Netz unbestätigt, die Videos könnten alle Fake sein, um zusätzlich für Chaos zu sorgen.«

»Guter Punkt«, sagte Langemann und ließ sich langsam wieder auf seinen Stuhl sinken. »Sabine, Selim, Kathrin, Luke wird euch dabei helfen, die Meldungen aus dem Netz zu filtern und zu sortieren. Findet raus, was davon echt ist und was nicht, und aktualisiert stündlich den Beitrag auf unserer Startseite. Niklas und Eugen sind nach wie vor vor Ort und ich habe rund fünf weitere Mann zur Unterstützung dorthin geschickt. Warten wir mal ab, was von denen in der nächsten Stunde kommt, da aktualisieren wir sofort, sobald wir etwas Neues reinbekommen. Wer übernimmt die sozialen Netzwerke? Wir müssen da auch Infos reinstellen, immerhin folgen uns mehrere Millionen Menschen, die möglicherweise noch gar nicht wissen, was los ist.«

»Ich muss mal telefonieren«, sagte Sabine, zog ihr Handy aus der Tasche und verließ den Konferenzraum.

Draußen auf dem Flur, wo es deutlich ruhiger war, wählte sie Farids Nummer. Das Freizeichen ertönte und es klingelte ziemlich lange. Sabine wollte schon wieder auflegen und ihm stattdessen eine Textnachricht schreiben, als Farid doch noch abhob.

»Ja? Sabine? Ist alles in Ordnung bei dir?«

»Ja, alles ok, ich bin sicher in der Redaktion angekommen. Hier herrscht das totale Chaos. Niemand weiß etwas Genaues, aber es stimmt wohl, dass die Bundeskanzlerin und fast alle weiteren Regierungsmitglieder tot sind.«

»Aber du fährst nicht dorthin? Ich meine, du bleibst doch in der Redaktion?« Farids Stimme klang besorgt.

»Ja, mach dir keine Sorgen, man hat mich der Berichterstattung über irgendwelche Videos in den sozialen Netzwerken zugeteilt. Langemann wirkt ziemlich überfordert mit der Situation, aber wer könnte ihm das verdenken? So etwas hat es schließlich noch nie gegeben. Aber deshalb rufe ich nicht an. Geht es den Kindern gut?«

»Ja, wir haben gerade zu Abend gegessen. Ich habe ihnen Grießbrei gekocht. Mia und Leon sitzen vor dem Fernseher, Merle telefoniert oben in ihrem Zimmer. Ich wollte Mia noch in die Badewanne stecken, morgen ist ja wieder Schule«, sagte Farid.

»Hör zu, vermutlich denkst du jetzt, ich spinne, aber Farid, ich möchte, dass du die Tür verriegelst und alle Rollläden runterlässt. Keiner von euch darf das Haus verlassen.«

»Was? Warum nicht?«

»Farid, guck doch mal in die sozialen Netzwerke. Da sind lauter Videos von Lynchmobs gegen Ausländer, die überall die Runde machen. Offensichtlich nutzen ein paar rechte Idioten das allgemeine Chaos aus. Ich möchte nicht, dass dir oder den Kindern etwas passiert«, erklärte Sabine mit tränenerstickter Stimme.

»Sabine, Schatz, was redest du denn da? Warum sollte uns denn hier etwas passieren? Wir sind doch weit weg von Berlin, zum Glück. Du bist es, um die ich mir Sorgen mache«, sagte Farid am anderen Ende der Leitung.

»Farid, verstehst du nicht? Die Sache ist ernst. Du weißt selbst, wie viele Rechte es in Brandenburg gibt. Die reden alle von dem Tag X und einige scheinen das schon in die Tat umzusetzen. Bitte, Farid, du verstehst nicht ...«

»Sabine, das ist doch totaler Unsinn, und das weißt du. Du hast dich von der Panik anstecken lassen und das ist auch normal. Aber du darfst den Fokus nicht verlieren! Wer sollte uns denn hier, in unserem Dorf, etwas tun? Die Leute kennen und mögen uns, wir sind für die doch keine Fremden und selbst wenn, du glaubst doch nicht, dass die sich jetzt mit Mistgabeln bewaffnen und vor unser Haus ziehen?«

»Nicht mit Mistgabeln«, sagte Sabine. »Sondern mit Molotow-Cocktails. Farid, bitte, du hast nicht gesehen, was im Netz los ist. Ich habe wirklich Angst.«

»Angst wovor?« Farids Stimme nahm einen harten Klang an.

»Farid, das weißt du ganz genau! Weil wir eben keine biodeutsche Familie sind und auf dem platten Land in Brandenburg wohnen. Weil da jemand die komplette Regierung niedergemetzelt hat und jetzt alle durchdrehen. Du kennst doch die Studien. Der Rechtsextremismus ist in Deutschland seit Jahren wieder auf dem Vormarsch, bis zur Hälfte aller Deutschen teilt zumindest latent rechte Ansichten. Wenn jetzt das Chaos ausbricht, siehst du nicht, dass das auch eine Gefahr für uns sein könnte?« Eine einzelne Träne löste sich aus Sabines Augenwinkel und lief ihre Wange hinab. Eigentlich kannte sie sich so nicht. Als Journalistin war Sabine dafür bekannt, eher unaufgeregt auch über emotionale Themen zu berichten und immer einen sachlichen Fokus zu bewahren. Doch angesichts der aktuellen Ereignisse hatte sie diesen verloren. Sie kämpfte tapfer gegen die Panik an, die in ihr aufstieg, doch es wollte ihr einfach nicht gelingen.

»Sabine, du musst dir keine Sorgen machen. Wir sind in Sicherheit, ok? Uns wird nichts passieren, wir sind in diesem Dorf sicher, weil wir dazugehören, verstehst du? Niemand wird uns irgendetwas tun. Schau einfach, dass du bald wieder nach Hause kommst, ok?«

Bevor Sabine etwas antworten konnte, öffnete sich die Tür des Konferenzraums. Selim streckte ihren Kopf heraus. »Sabine? Kommst du? Man hat ein Bekennerschreiben von dem Attentäter gefunden.«

»Ich muss auflegen, Farid. Ich melde mich später. Versprich mir einfach, dass du die Tür verriegelst, die Rollläden herunterlässt und niemandem öffnest, ok? Und wenn dir irgendwas komisch vorkommt, dann rufe sofort die Polizei.«

»Versprochen«, sagte Farid. Es klang nicht sehr überzeugend, aber Sabine hatte keine Wahl, sie musste das Gespräch an der Stelle beenden.

Traurig schob sie ihr Handy wieder in ihre Jackentasche und ging zurück in den Redaktionsraum.

»Wir wissen jetzt, wer der Täter ist. Sein Name ist Peter Dombrak, er ist Mitglied einer Spezialeinheit der Berliner Polizei«, sagte Langemann gerade.

Das Profil eines Social Media Accounts wurde gerade an die Wand geworfen, es zeigte das Gesicht eines jungen Mannes mit markanten Zügen, Glatze und stechenden, hellen Augen.

»Ist er das?«, fragte Sabine und ließ sich auf einen Stuhl sinken.

»Das ist Peter Dombrak, der Attentäter von Berlin. Auf seinem Profil hat er ein Bekennerschreiben veröffentlicht.«

Er scrollte nach unten und das Posting wurde sichtbar.

MANIFEST DES ZIVILEN UNGEHORSAMS
WIR BEFINDEN UNS IN EINEM ZEITALTER, IN DEM DIE JÜDISCHE WELTVERSCHWÖRUNG SICH KURZ VOR IHREM ZIEL WÄHNT. DER BEVÖLKERUNGSAUSTAUSCH IST BEREITS IN VOLLEM GANGE. DAS DEUTSCHE VOLK, SEINE TRADITIONEN UND SEIN ERBE, SOLL AUSGELÖSCHT WERDEN, DAS

IST DAS BESTREBEN MINDERWERTIGER RASSEN WIE DER JUDEN, MUSLIME UND DEN ANHÄNGERN DES KOMMUNISMUS. DIE ALTEN IDEOLOGIEN DES UNRECHTS WERDEN UNS ALS NEUER WEIN IN ALTEN SCHLÄUCHEN VERKAUFT. ENTFREMDUNG, UNTERDRÜCKUNG, AUSBEUTUNG UND VERTREIBUNG, DAS SIND DIE METHODEN, MIT DENEN UNSERE GEDANKEN UND ERINNERUNGEN KOLONIALISIERT WERDEN. WIR ERLEBEN TAGTÄGLICH, WIE MEDIEN UND POLITIKER VERSUCHEN, UNS MIT IHRER PROPAGANDA ZU BEEINFLUSSEN. GEHORCHEN SOLLEN WIR, AUCH ANGESICHTS DER UNSINNIGSTEN MASSNAHMEN, DAS HAT ZULETZT DIE CORONA-PANDEMIE GEZEIGT. DOCH DIE JÜDISCHEN WELTVERSCHWÖRER HABEN IHRE RECHNUNG OHNE DIE LETZTEN AUFRECHTEN UNTER UNS GEMACHT. SIE WISSEN NICHTS VON DEM DEUTSCHEN PRINZIP DER TREUE, DENN DERLEI TUGENDEN SIND IHNEN FREMD. UNS ABER WURDEN SIE VON UNSEREN EDLEN VORFAHREN, DEN ALTVORDEREN, DURCH UNSERE GENE WEITERGEGEBEN. IHRE ERINNERUNGEN UND WERTE LEBEN IN UNS FORT. DESHALB, LIEBE FREUNDE, ANGESICHTS DES TAGTÄGLICH

GRASSIERENDEN UNRECHTS, DER AUSBEUTUNG UND VERNICHTUNG DER DEUTSCHEN RASSE UND ALLEM, WAS SIE AUSMACHT, IST ES AN DER ZEIT, AUFZUSTEHEN. ES IST DER TAG X! IHR ALLE DA DRAUSSEN, WO AUCH IMMER IHR SEID, WENN IHR DAS HIER LEST, IST DER TAG GEKOMMEN, AUF DEN WIR ALLE SCHON SO LANGE GEWARTET HABEN. ES IST UNSER VATERLAND, DAS ES JETZT ZU VERTEIDIGEN GILT. HOLEN WIR UNS DIE MACHT ÜBER UNSER LAND ZURÜCK UND ZEIGEN WIR DEN KOMMUNISTEN, DEN ZIONISTEN UND DEN MUSLIMEN, WAS WIR VON IHREM MINDERWERTIGEN GEDANKENGUT HALTEN. SIE ALLE KÖNNEN UNS ...

»Das ist ja unerträglich«, sagte Langemann und wandte sich ab. »Was für ein rechtsextremes Geschwurbel. Das kann doch niemand ernst nehmen? Und warum ist der Kram immer noch online, wenn es doch bereits die ersten Spinner gibt, die auf den Zug aufspringen?«

»Offensichtlich konnte man in dem sozialen Netzwerk niemanden erreichen, der für die Löschung zuständig ist«, sagte Lukas.

»Der Tag X«, murmelte Sabine. Laut sagte sie: »Bin ich die Einzige, der das Angst macht? Ich meine, ihr habt es doch gehört. Anscheinend nehmen Leute dieses Schreiben und die Ereignisse in Berlin überall in der Republik zum Anlass, um durchzudrehen. Was, wenn das jetzt überall um sich greift? Wer soll uns dann schützen? Die Polizei? Die sind doch total überfordert, außerdem war der Täter einer von ihnen.«

Erst jetzt entdeckte sie Frederik, den Journalisten, der zuletzt über die rechtsextremen Netzwerke in der Polizei berichtet hatte, in einer Ecke des überfüllten Raumes. »Frederik, wie siehst du das denn? Ich meine, du hast doch dazu gerade recherchiert.«

Frederik blinzelte. »Ich denke, dass das Problem Rechtsextremismus in der Polizei sehr viel größer ist, als man uns weismachen möchte. Vorsichtige Schätzungen gehen davon aus, dass rund 25 Prozent der Polizisten rassistische, rechtsextreme und antisemitische Überzeugungen teilen. Ich meine, wir sind in der Vergangenheit auf Dutzende Chatgruppen gestoßen, in denen unverhohlen rechtes Gedankengut geteilt wurde. Bisher ohne Erfolg. Versetzt wurde lediglich ein Polizist, der die Vorgänge auf seiner Wache öffentlich gemacht hatte, er gilt jetzt natürlich als Nestbeschmutzer und wird keinen Spaß mehr an seinem Job haben. Den anderen passiert überhaupt nichts.«

»Und auf diesen Dombrak? Bist du auf den irgendwo bei deinen Recherchen gestoßen?«, wollte Langemann wissen.

»Nein, keine Spur. Der Typ selbst ist vollkommen unauffällig, das zeigen auch die Postings in den sozialen Netzwerken. Er postet nur privates Zeug, nichts, das nur irgendwie den Anschein macht, dass er eine politische Agenda hat. Er ist erfolgreich unter dem Radar geblieben. Offensichtlich hat er einfach gewartet, bis sich seine Chance ergibt ...«

»Und dann hat er zugeschlagen«, stellte Langemann fest. »Erbarmungslos!«

Der Abend war kalt und Nieselregen hüllte alles in eine klamme, hartnäckige Feuchtigkeit. Lisa hatte sich ihren Schal eng um das Gesicht geschlungen, um sich vor der Kälte zu schützen, während sie ihr Fahrrad durch Berlin-Mitte lenkte.

Noch immer gelang es ihr kaum, ihre Gedanken zu ordnen. Was war da am Berliner Dom heute geschehen? Die Schüsse hallten ihr noch immer in den Ohren, ebenso wie die Schreie der Verletzten. Sie sah die verängstigten Mienen der Menschen, die aus dem Dom und von dem Vorplatz flohen, noch immer vor sich.

Sie war auf dem Weg zu ihrer »Zentrale« in Kreuzberg, um sich dort mit den anderen von ihrer Gruppe zu treffen, auch jenen, die heute bei der Aktion am Dom nicht dabei gewesen waren. Sie mussten besprechen, wie sie weiter vorgingen, schließlich machten überall die Nachrichten von Nachahmungstätern die Runde. Aus Leipzig meldete eine befreundete Gruppe, dass sie von Neonazis angegriffen und quer durch die Stadt gejagt worden seien. Die Polizei habe tatenlos zugesehen.

Jeder in der linken Szene wusste, was das zu

bedeuten hatte. Die Rechten hatten noch nie einen Hehl daraus gemacht, dass sie am Tag der Abrechnung Jagd auf Linke machen würden. Seit Jahren kursierten im Netz Listen von Rechten, auf denen sie die Namen derer notierten, mit denen sie noch eine Rechnung offen hatten, allen voran linke Aktivisten und Politiker, aber auch Journalisten und ganz normale Bürger. Es reichte, einem Rechten einmal in die Quere zu kommen, um auf diesen ganz persönlichen Rache-Listen zu landen. Um den Gegner einzuschüchtern, wurden diese Listen in schöner Regelmäßigkeit gepostet, gerne auch mal mit den privaten Adressen der Betroffenen. Dann konnte es passieren, dass eine Horde Rechter im Vorgarten auftauchte und versuchte, die betreffende Person einzuschüchtern.

Von solchen Fällen hatte Lisa zu Genüge gehört. Auch was der Tag X war, wusste sie nur allzu gut. Wieder und wieder hatten Linke auf Blogs vor der Gefahr eines rechten Umsturzes gewarnt und auf die unablässige Agitation Rechter, vor allem in den sozialen Netzwerken, hingewiesen. Da genügte es schon, wenn ein einzelner ein bisschen Unzufriedenheit oder auch nur Zweifel an den Regierungsmaßnahmen äußerte, damit die Rechten sofort zur Stelle waren. Sie hegten ihn ein, heuchelten Verständnis, erzeugten ein manipulatives Gefühl einer »Wir gegen alle«-Atmosphäre, allen voran mit Äußerungen wie »Das wird man ja wohl noch einmal sagen dürfen« oder »Ich bin kein Rassist, aber ...«

Ehe man sich versah, befand sich auch ein unbescholtener Bürger inmitten eines rechten Propagandanetzwerkes mit riesigen virtuellen Echokammern. Pro Tag kamen hier mehrere tausend Postings zu Stande, die meisten weit entfernt von der Wahrheit. Da wurde behauptet, Ausländer hätten einmal mehr ein deutsches Mädchen vergewaltigt und seien ungestraft davongekommen oder aber die Regierung plane einen Bevölkerungsaustausch. Mal wurden Bilder von angeblich kriminellen Ausländern geteilt, mal Fake News über deutsche Politiker, die sogenannten »Altparteien«, die erklärten Feinde der Rechten.

Lisa umfasste den Lenker ihres Fahrrads fester. Was heute in Berlin geschehen war, würde sie noch lange verfolgen, so viel wusste sie. Zwar hatte sie die Ereignisse nicht direkt miterlebt, anders als Dirk oder Mücke, doch auch so hatte sie genug mitbekommen, um es nie wieder zu vergessen. Noch immer rauschte ihr das Blut in den Ohren, als sie an den Moment dachte, als ihr klar wurde, dass sie gerade Zeugin eines Attentats wurde.

Die Polizei hatte einen reichlich überforderten Eindruck gemacht. Zwar hatte man die Personalien aller Menschen auf und um den Platz aufgenommen, wirklich vernommen worden oder überprüft wurden sie allerdings nicht.

Seither vermehrten sich die Meldungen rechter Übergriffe, vor allem durch die sozialen Netzwerke. Wie hatte es Dirk vorhin am Telefon ausgedrückt?

»Die Stunde der Wahrheit ist gekommen«. Nicht wenige Linke machten sich bereit für einen Straßenkampf der besonderen Art, die endgültige Auseinandersetzung mit den Rechten, den Nazis, dem ganzen nationalistischen Gesocks, über das sie schon so lange mit so viel Verachtung sprachen. Keiner von ihnen war mehr sicher. Wenn die Rechten erst ihre Drohung wahrmachten, Jagd auf Linke zu machen, konnte es nicht mehr lange dauern, bis sie auch in Berlin aufmarschierten. Und wer sollte sie dann beschützen? Die Polizei etwa, die verhassten Bullen? Die würden vermutlich einfach zusehen und noch Beifall klatschen, so sehr hassten sie die Linken und ihre vermeintliche generelle Gewalt- und Zerstörungsbereitschaft.

Lisa passierte gerade die Polizeiwache am Alexanderplatz. Da das ihr üblicher Weg zum linken Zentrum war, schenkte sie der Polizeistation keine besondere Beachtung, doch jetzt sah sie, dass mehrere Wagen mit Blaulicht und geöffneten Türen vor der Wache standen. Uniformierte Beamte liefen hin und her, die Lage schien unübersichtlich.

Plötzlich ertönte ein Knall, so laut und durchdringend, dass er die Luft zum Vibrieren brachte. Lisa zuckte so heftig zusammen, dass sie beinahe vom Fahrrad fiel. Sie verriss den Lenker und fuhr beinahe gegen eine Straßenlaterne, da fiel ein weiterer Schuss.

Ohne anzuhalten, drehte Lisa den Kopf und schaute über die Schulter zurück zur Wache. Noch ein Attentat? Hier vor der Polizeiwache?

Einige der Polizisten hatten sich hinter ihren Autos verschanzt, andere standen auf der Treppe der Polizeistation. Sie hatten ihre Waffen gezogen.

»Das gibt es doch gar nicht«, murmelte Lisa und trat in die Pedale, um schneller zu fahren. Inzwischen war es halb sieben, längst war es dunkel und die Straßen waren menschenleer, was nicht nur daran lag, dass es Sonntag und Feiertag war. Nein, es lag auch an dem Attentat, dessen war sich Lisa sicher. Die Ereignisse hatten für eine tiefgreifende Verunsicherung gesorgt, kaum noch jemand traute sich, seine Wohnung zu verlassen. Wer konnte schon wissen, wer an so einem Tag da draußen noch unterwegs war? Hinzu kamen die besorgniserregenden Meldungen aus den sozialen Netzwerken.

Keine Viertelstunde später hatte sie das linke Zentrum in Berlin-Kreuzberg erreicht.

Dirk stand draußen und rauchte gerade einen Joint. Eine dicke, süßliche Marihuana-Wolke umgab ihn.

Lisa hielt an und parkte ihr Fahrrad an der Hauswand, wo schon einige andere Fahrräder standen.

»Ich habe gerade etwas Merkwürdiges gesehen«, sagte sie zu Dirk.

»Was denn?«

»An der Polizeistation Alexanderplatz. Ich glaube, da haben die Polizisten aufeinander geschossen.«

»Geschossen? Das war bestimmt nur ein lauter

Knall. Ich glaube, du hast von den Sachen heute einen abgekriegt. Erlebt man ja auch nicht alle Tage. Willst du mal ziehen? Das beruhigt die Nerven. Mir zittern auch schon seit heute Nachmittag die Hände, das kannst du mir glauben.« Dirk hielt Lisa seinen Joint hin.

Sie blickte die Graszigarette an, dann schüttelte sie den Kopf. »Nein, ich glaube, kiffen hilft mir gerade gar nicht. Lass uns reingehen, ja? Die anderen warten sicher schon. Wissen wir etwas Neues aus Leipzig?«

4. Kapitel

Inzwischen hatte Bernd Glocke den Bundestag erreicht. Das Gelände rund um den Reichstag hatte man weiträumig abgesperrt, selbst die Mitglieder des Bundestages kamen nur nach erheblichen Kontrollen durch. Berlin versank im Chaos, das konnte jeder sehen.

In seinem Büro angekommen, setzte sich Glocke noch im Mantel vor seinen Rechner und öffnete verschiedene Internetseiten. Er konnte es kaum erwarten, wie die Nachrichten über den Anschlag im Netz und vor allem in den rechten Echokammern aufgenommen wurden. Er musste herausfinden, wie sich dieser rechte Anschlag auf die PARTEI FÜR DEUTSCHLAND auswirken würde, vor allem, seit bekannt war, dass der Täter in seinem Manifest den Tag X ausgerufen hatte. Sein Handy piepste unentwegt. Im Sekundentakt gingen neue Nachrichten und Benachrichtigungen ein.

DER KAMPF GEGEN DEN GROSSEN AUSTAUSCH HAT BEGONNEN. ENDLICH, MEINE TREUEN FREUNDE, IST DER GROSSE TAG GEKOMMEN UND DAS AN SO EINEM SCHICKSALSTRÄCHTIGEN TAG WIE DIESEM. HEUTE IST JEDER EINZELNE AUFGERUFEN, ZU ZEIGEN, WIE ER ZU DIESEM, UNSEREM GELIEBTEN DEUTSCHLAND STEHT, las Glocke auf dem Profil von Rolf Kulmann, einem rechtskonservativen

Verleger aus Thüringen mit zahlreichen Verbindungen in die rechtsextreme Szene.

Unter dem Text war ein Foto von Kulmann, Glatze, randlose Brille, auf einer Demonstration irgendwann im Sommer, hinter ihm wehende Deutschlandfahnen.

Kulmanns äußere Ähnlichkeit zum nationalsozialistischen Propagandaminister Joseph Goebbels war durchaus gewollt, das Posting, gerade ein paar Minuten alt, hatte bereits mehrere tausend Likes und war über drei Dutzend Mal geteilt worden.

GEMEINSAM SIND WIR STARK, hatte ein Nutzer namens Helmut W. darunter gepostet, SCHLUSS MIT DER TYRANNEI VON MULTIKULTI.

Glocke seufzte und öffnete sein eigenes Profil. Sein Live-Stream vom Berliner Dom hatte in der Zwischenzeit fast 200.000 Aufrufe. Viele zeigten sich entsetzt, aber auch kaum verhohlener Beifall war in den Kommentaren lesbar. WAR NUR EINE FRAGE DER ZEIT oder MORD AN EINER MASSENMÖRDERIN. Damit war die Bundeskanzlerin gemeint. WER SICH DEM UNRECHT VERSCHREIBT, MUSS EBEN AUCH DAMIT RECHNEN, DASS SICH IRGENDWANN EINER WEHRT. Glocke nickte zufrieden. Die Sache mit dem Attentat würde seiner Popularität sicher helfen. Marlies König und Norbert Wegmann konnten ihn ab jetzt sicher nicht mehr so einfach ignorieren, so viel stand fest.

Am Ort des Anschlags hatte die Polizei lediglich seine Personalien aufgenommen und ihn dann gehen lassen.

Die Nachrichten waren voll von Berichten über den Anschlag, obwohl konkrete Informationen nur langsam durchsickerten.

Wie immer waren die sozialen Netzwerke sehr viel schlimmer. Dort überschlugen sich die Theorien zu dem Anschlag. Bevor bekannt geworden war, dass der Täter Polizist war, waren viele zunächst von einem islamistischen Terrorangriff ausgegangen. Rassistische Schmähungen bis hin zu Aufrufen zum Mord hatten sich im Internet und in den Chatgruppen verbreitet.

Seit man wusste, dass der Täter nicht nur Polizist, sondern laut eigener Erklärung in seinem MANIFEST auch ein Rechtsextremer war, hatte sich die Meinung gedreht. Auf den Kurznachrichtendiensten meldeten sich Politiker, Journalisten und andere Influencer zu Wort und erklärten, dass sie alle schon längst vor der Gefahr von rechts gewarnt hatten. Beileidsbekundungen für die Opfer gingen in dem virtuellen Meinungsgetümmel rasch unter, vielmehr drehte sich alles darum, die moralisch möglichst einwandfreie Haltung zu den Ereignissen in die Welt hinauszuposaunen oder aber sich wechselseitig Vorwürfe zu machen.

Mal war der Staat viel zu lange blind für die Gefahren rechter Gewalt gewesen, mal wurde der PARTEI FÜR DEUTSCHLAND die Schuld gegeben, der es mit ihrer Politik gelungen war, den

Rechtsextremismus in Deutschland wieder salonfähig zu machen.

Glocke schenkt dem »Mainstream-Gebrüll«, wie er es nannte, kaum Beachtung. Was wirklich los war in den Chatgruppen und den rechten Social-Media-Netzwerken, davon hatten die etablierten Medien überhaupt keine Ahnung. Außer jeden zu diffamieren, der eine andere Meinung hatte, hatten die ohnehin nichts drauf, das wusste er schon lange. Worauf es wirklich ankam, war, dass immer mehr Menschen erkannten, wie viel falsch lief in Deutschland, und ihre Stimme der PARTEI FÜR DEUTSCHLAND gaben. Nur dann konnten sie gemeinsam etwas ändern.

Glocke sah sich selbst in dieser Sache durchaus in einer Führungsposition. Nicht umsonst hatte er die Ochsentour in seiner Partei seit 2015 bis hierher durchgestanden.

2015 war er in die Partei für Deutschland eingetreten, pünktlich zur Flüchtlingskrise. Zuvor hatte sich die PARTEI FÜR DEUTSCHLAND vor allem durch Kritik an der EU hervorgetan, mit nur mäßigem Erfolg.

Die Flüchtlingskrise aber war ein regelrechter Segen für die Partei gewesen. Auf einmal gab es ein Thema, bei dem alle anderen Parteien, allen voran die Kanzlerin, die gleiche Meinung vertraten: Humanität vor Grenzschutz, schon im Gedenken an die historische Schuld Deutschlands.

Doch die Menschen wollten keine

Flüchtlingsheime in ihren Dörfern, sie wollten nicht Angst vor den vielen Fremden haben, die in Bussen und Zügen in Deutschland ankamen und vor allem in die deutschen Sozialsysteme migrierten. Dazu hatte man den Deutschen seit der Bankenkrise 2008 zu oft eingebläut, dass sie auf so vieles verzichten mussten. Hartz IV, unsanierte Schulen, geschlossene Schwimmbäder und unverändert hohe Steuersätze verlangten den Menschen einiges ab. Da blieb nichts übrig, das sie mit jenen teilen wollten, die gar nichts hatten.

In seinem Wahlkreis im Landkreis Leipzig hatte das Thema von Anfang an für Furore gesorgt. Bis heute war Sachsen das Bundesland mit den meisten Parteimitgliedern und Wählern. Kaum war Glocke in die Partei eingetreten, hatte er auch schon verschiedene Ämter übernommen – Kreisvorsitzender, Stadtverordneter, dann Landtag, Sprecher für Bildung und Digitalisierung und schließlich, 2017, die Wahl in den Bundestag und Sitz im Bildungsausschuss. Dort hatte er, der ehemalige Geschichtslehrer, seine Bestimmung gefunden, indem er immer wieder dafür eintrat, dass mit den ewigen Schuldbekenntnissen im Zusammenhang mit dem Nationalsozialismus endlich Schluss sein müsste. Die deutsche Geschichte, so sein Credo, sei so viel mehr als nur die paar Jahre, für die man sich heute in der Weltöffentlichkeit schämte. Ob er selbst fand, dass sich Deutschland für den Nationalsozialismus, den Holocaust und den Zweiten Weltkrieg schämen müsste, ließ er an dieser Stelle bewusst stets offen.

Das Klingeln eines Anrufs riss ihn aus seinen Gedanken. Es war Norbert Wegmann.

»Bernd, geht es dir gut? Du warst doch auch bei der Veranstaltung.«

Aha, dachte Glocke. Also hatte Wegmann sehr wohl von ihm Notiz genommen, es aber vorgezogen, ihn zu ignorieren. Was für ein eitler und arroganter Fatzke! Glocke spürte, wie Wut in ihm aufstieg, die er nur mit Mühe hinunterschlucken konnte.

»Ja, danke, Norbert, mir geht es gut. Dir und Marlies auch? Ihr saßt ja direkt im Schussfeld.« Glocke hörte, wie Wegmann bei seinem letzten Satz hörbar schluckte.

»Ja, ähm, wir sind noch mitgenommen. War ganz schön heftig, zu sehen, wie der Typ sie alle weggeballert hat. Ich glaube, die Bilder werde ich nie vergessen. Die Bundeskanzlerin tot am Boden und ...« Wegmann brach ab. Er war erkennbar aufgewühlt. Fast war Glocke geneigt, so etwas wie Mitgefühl mit Wegmann zu empfinden, doch er unterdrückte auch diese Regung.

Wegmann war sein Konkurrent. Anders als Glocke stammte er aus den alten Bundesländern, aus Baden-Württemberg, war jahrelang in der CDU gewesen und galt als gemäßigt, was auch der Grund war, weshalb er es bis zum Parteivorsitzenden gebracht hatte.

Seit einigen Jahren gab es innerhalb der Partei zwei Flügel – den gemäßigten und den offen rechten, zu dem sich auch Glocke zählte. Der Machtkampf hinter den Kulissen war im vollen Gange. Regelmäßig gab es Parteiausschlussverfahren, weil wieder einmal jemandem zu viel Nähe zu Rechtsextremen unterstellt wurde. Typen wie Kibitzki, der aus gutem Grund kein offizielles Parteimitglied war, allerdings aufgrund des Thinktanks, den er betrieb, ganz dicht dran war an allen Prozessen in der Partei.

Die Leitung knackste und rauschte. »Bist du schon in der Parteizentrale?«, fragte Wegmann.

»Ich bin in meinem Büro im Bundestag, aber hier ist alles abgeriegelt«, antwortete Glocke.

»Ok, kannst du so schnell wie möglich in die Parteizentrale kommen? Wir sind gerade dabei, ein Statement zu veröffentlichen, mit dem wir an die Öffentlichkeit gehen wollen.«

Glocke runzelte die Stirn. »Ein Statement? Haben sich denn die anderen Parteien schon geäußert?«

»Nein, keiner von denen, die stehen vermutlich alle unter Schock. Aber wir kennen doch die Reflexe. Vermutlich hat schon irgendwer per Kurznachrichtendienst verkündet, dass wir irgendwie mit Schuld an dem Anschlag heute sind. Dem müssen wir zuvorkommen. Unsere Partei steht fest auf dem Boden des Grundgesetzes, das müssen wir klarmachen. Mit rechter Gewalt haben wir nichts zu tun«, erklärte Wegmann.

Glocke grinste hämisch. Die immer gleichen Lippenbekenntnisse und Distanzierungen von rechter Gewalt, dabei wusste doch jeder intern, dass die Entfernung zwischen Partei und rechten Straßenprolls gar nicht so groß war, und das war kein Zufall. Immerhin verstand man sich als parlamentarischer Arm der Rechten und gab Kritikern gern zu verstehen, dass das auch eine Form von Einhegung war. »Stellt euch vor, sie fühlen sich durch uns nicht mehr repräsentiert, wisst ihr, was sie dann tun? Dann radikalisieren sie sich noch mehr!«, war eine der häufig wiederholten Aussagen in diesem Zusammenhang.

»Bernd, noch hat das anscheinend keiner realisiert, aber es gibt ein großes Machtvakuum. Die Bundeskanzlerin, ihr Stellvertreter, ihr Nachfolger und alle anderen Köpfe der Regierung sind tot. Noch haben sie es nicht bekannt gegeben, vermutlich, weil sie Chaos befürchten, aber vor allem, weil niemand weiß, was jetzt kommt. Es gibt keinen Notfallplan für eine Situation wie diese. Wir sind die stärkste Oppositionspartei. Das Machtvakuum, das gerade entsteht, könnte uns sehr nützlich sein, wenn wir die Karten richtig ausspielen.« Wegmann räusperte sich, doch Glocke entging nicht, wie seine Stimme bei der Erwähnung von Macht regelrecht zu vibrieren begann. Wegmann träumte eindeutig von der Kanzlerschaft, das erkannte er deutlich.

»Ich bin auf dem Weg«, sagte Glocke und legte auf.

Er verzog das Gesicht zu einer verächtlichen Grimasse. Wegmann mochte denken, dass seine große Stunde gekommen war, doch er hatte seine Rechnung ohne Glocke und den rechten Flügel gemacht.

Wenn überhaupt, dann war dies die Stunde der Rechten. Wegmann hatte es möglicherweise noch nicht mitbekommen, doch der Tag X war da und damit das Ende aller gemäßigten und angepassten Äußerungen. Heute war der Tag, ab dem zurückgeschlagen wurde.

»Auge um Auge, Zahn um Zahn«, flüsterte Glocke und lächelte hasserfüllt.

Er griff erneut nach seinem Handy. Eine männliche Stimme meldete sich am anderen Ende der Leitung.

»Ja?«

»Ich bin's«, sagte Glocke. »Habt ihr gesehen, was an anderen Orten los ist? Neubrandenburg, Passau, Aschaffenburg? Warum höre ich nichts von euch?«

»Nun, wir wussten nicht ...«

»Blödsinn! Kriegt ihr eigentlich noch irgendwas mit? Es ist der Tag X, der Tag, auf den wir alle schon so lange gewartet haben. Wieso kommt ihr nicht in die Gänge?«

»Naja, wir haben den Tag der Einheit auf unsere Weise gefeiert«, erklärte Gerald Markowiz. Leises Lachen war zu hören.

»Seid ihr total bescheuert? Habt ihr euch etwa mal wieder volllaufen lassen? Gib mir Jan oder Oskar!«

»Alles klar, Chef«, sagte die Stimme. Ein lauter Rülpser war zu hören.

»Hallo?« Jans Stimme klang aufgeräumt. Er schien nicht zu viel getrunken zu haben, wenigstens etwas.

»Was treiben diese Idioten denn da wieder? Sag bloß, sie sind alle besoffen.« Erneut spürte Glocke, wie der Ärger in ihm aufstieg, doch diesmal unterdrückte er ihn nicht.

»Ja, wir haben ein bisschen gefeiert, aber nichts Wildes. Was gibt es? Ist ja ordentlich was los in Berlin. Warst du auch da?«

Jan Liebermann betrieb das Parteibüro von Glocke in seinem Wahlkreis; ein Ort, an dem Bürger und ihre Sorgen ernst genommen wurden.

»Ja, ich habe alles live miterlebt. War ziemlich schockierend. Hast du gesehen, was andernorts los ist? Es heißt, der Tag X ist da.«

»Ja, haben wir mitbekommen. Großartige Sache. Endlich abrechnen.«

»Abrechnen? Ihr hockt doch nur rum und sauft irgendeine Plörre.« Glocke machte aus seinem Ärger keinen Hehl. Aufgebracht lockerte er seine Krawatte und knöpfte sich den ersten Hemdknopf auf.

»Ne, so ist das nicht. Wir treffen uns gleich noch mit ein paar anderen und dann ziehen wir los. Einfach mal ein bisschen Lärm machen, im Ort, damit auch jeder weiß, welche Stunde geschlagen hat. Oskar hat einen Fackelumzug vorgeschlagen, wegen der Wirkung. Finde die Idee nicht schlecht, wenn auch nicht sehr ...«

»Originell? Meinetwegen, macht, was ihr für richtig haltet, und zeigt, dass auch Grimma am Tag X nicht zurücksteht. Dabei könnt ihr auch gleich etwas für mich erledigen.«

»Was denn?«

»Erinnerst du dich an Max Luckwald?«

»Den Abgeordneten von der LINKEN?«

»Ja. Dieser Kerl hat damals in der Stadtverordnetenversammlung eine regelrechte Hetzjagd auf mich veranstaltet. Der ist mir mehrfach krumm gekommen. Wenn ihr nachher auf die Straße geht, dann schaut doch mal bei ihm vorbei und lasst ihm ein paar ganz besondere Grüße von mir da. Aber sorgt dafür, dass keine Spur zu mir führt. Wir wissen im Moment noch nicht, wie sich die Dinge entwickeln werden. Es ist eine sehr dynamische Situation, um es mal vorsichtig auszudrücken.«

Jan am anderen Ende der Leitung schwieg einen Moment. »Verstanden, Chef«, sagte er schließlich und legte auf.

Glocke ließ sich in seinem Stuhl zurücksinken und legte die Fingerspitzen aneinander. Sein Ärger verwandelte sich zunehmend in ein Gefühl von Zufriedenheit, wenn nicht sogar Triumph. Jetzt musste es ihm nur noch gelingen, das Statement seiner Partei zu den Ereignissen zu seinem Vorteil zu nutzen, dann war dieser Tag ein Erfolg auf der ganzen Linie.

Das schlechte Gewissen im Zusammenhang mit den Menschen, die heute den Tod gefunden hatten, währte nur kurz. Politik war ein hartes Pflaster, das wusste jeder. Die Gefahr eines Attentats, ob von islamistischer oder rechter Seite, bestand seit Jahren. Nun hatte es keine normalen Bürger, sondern die Politikelite selbst getroffen. Glocke konnte nicht leugnen, dass er eine gewisse Freude darüber empfand, dass ein so präzise geplantes und durchgeführtes Attentat auf Seiten der Rechten zu verbuchen war. Kein Irrer, der mit einem Auto in eine Menschenmenge fuhr, kein Axtmörder, der Unschuldigen etwas antat.

Ein chirurgischer Eingriff, sauber durchgeführt. Der Attentäter selbst war sogar noch am Leben. Die Polizei hatte ihn angeschossen, doch nicht tödlich verletzt. Er selbst hatte beobachtet, wie sie ihn vom Tatort wegbrachten, vermutlich in ein Krankenhaus.

Dann war das Manifest aufgetaucht und seither bestanden keine Zweifel mehr, dass das alles kein Zufall war, sondern von langer Hand geplant.

»So ein gewitzter Hund«, murmelte Glocke. Der Täter war unter dem Radar sämtlicher Geheimdienste geblieben, weder Verfassungsschutz noch die Polizei selbst hatten etwas geahnt. Als Polizist hatte er einen gewissen Schutz genossen, so viel war klar. Und diesen Schutz hatte er gut ausgenutzt.

»So ein gewitzter Hund!«

Farid hatte keine Ahnung, wie spät es war. Inzwischen musste es weit nach Mitternacht sein. Seit Stunden saß er vor dem Fernseher und schaltete zwischen den verschiedenen Nachrichtenkanälen hin und her. Zwischendurch las er auf dem Handy nach, was seine Freunde und andere Seiten in den sozialen Netzwerken posteten.

Von Sabine hatte er seit ihrem Anruf nichts mehr gehört. Er hatte ihr noch einmal eine Textnachricht geschrieben, dass sie sich keine Sorgen mehr machen sollte, doch sie hatte nicht geantwortet.

Er wunderte sich ein wenig über Sabines Verhalten. Normalerweise ließ sie sich nicht so schnell beunruhigen, doch vorhin hatte sie richtig nervös gewirkt.

Doch Farid war sich sicher, dass es keinen Grund zur Beunruhigung gab, zumindest nicht für ihre kleine Familie.

Was in Berlin geschehen war, war schrecklich, unvorstellbar, und würde zweifellos als ein besonders dunkler Tag für die Demokratie in die Geschichte eingehen, doch einen Staat wie Deutschland würde das nicht ins Wanken bringen, dessen war er sich sicher.

Einige Chaoten nutzten zwar die Gunst der Stunde, um andere zu terrorisieren, wie die Videos von eingeschlagenen Scheiben, grölenden Nazis und unheimlichen Fackelumzügen zeigten, doch auch das würde die Polizei rasch wieder unter Kontrolle bringen.

»Sofern sie da nicht alle selbst drinhängen«, sprach Farid seine Gedanken laut aus, schob sie aber sofort wieder beiseite. So etwas zu denken, war Unsinn. Auch wenn möglicherweise einige Polizisten selbst rechts waren, so traf das mit Sicherheit nicht auf alle zu und rechts zu denken hieß noch lange nicht, rechte Gewalt gutzuheißen. Mit diesen Schlussfolgerungen versuchte Farid, sich zu beruhigen.

Er wünschte, Sabine wäre hier, um mit ihr darüber zu reden und auch ihr ihre Bedenken zu nehmen.

In seinem Stream wurde das Video eines linken Parteipolitikers angezeigt, dem er schon seit einer Weile folgte, weil dieser in der Vergangenheit einige gute Aussagen zum Arabischen Frühling und zur Flüchtlingspolitik der Bundesregierung getätigt hatte.

Es handelte sich um ein hastig aufgenommenes Handyvideo mit verwackelten Bildern. Das Gesicht des Politikers, Max Luckwald, war zu sehen, vor Anspannung verzerrt, die Augen weit aufgerissen.

»Ihr habt keine Ahnung, was hier los ist«, sagte er in die Kamera. »Wir befinden uns in Grimma, in Sachsen. Die Rechten versammeln sich gerade zu einem Aufmarsch quer durch die Stadt. Etwa 20 von ihnen sind gerade vor meinem Wohnhaus aufgetaucht und randalieren.«

Er drehte seine Handykamera und nun konnte man, undeutlich in der Dunkelheit und der schwachen Beleuchtung, eine Gruppe von rund zwei Dutzend Männern sehen, alle in dunkler Kleidung, teilweise mit Bierflaschen in der Hand. Sie redeten laut, einer schrie eine nicht verständliche Parole, die von vielen anderen wiederholt wurde. Erst als Farid genauer hinhörte, verstand er, was sie schrien: »Deutschland den Deutschen, Ausländer raus!«

Es lief ihm eiskalt den Rücken hinunter. Der Anblick der Männer vor dem Gartenzaun war martialisch und durchaus furchteinflößend.

»Luckwald, komm raus, wir machen dich kalt!«, brüllte einer. Ein Stein flog über den Zaun und verfehlte Luckwald nur knapp. Bierflaschen folgten.

Luckwalds Kamera zeigte nun das entsetzte und verängstige Gesicht seiner Mutter, einer kleinen grauhaarigen Frau, der die Tränen über die Wangen liefen.

»Wir haben die Polizei schon angerufen, doch leider kommt sie nicht. Anscheinend ist gerade zu viel los«, sagte Luckwald aus dem Off. »Wir sind hier gerade echt überfordert. Ich weiß nicht, ob ich sie davon abhalten kann, in das Haus zu kommen. Ich sende diese Bilder als Beweis dafür, dass die Rechten keine Sekunde zögern, um diesen schrecklichen Tag zu ihren Gunsten auszunutzen. Meine Gedanken sind bei den Toten des heutigen Tages. Wir alle sollten Trauer empfinden und näher zusammenrücken, stattdessen sehen diese Typen das hier als Einladung zur Randale.«

Farid wusste, dass Luckwald schon häufiger von Rechten bedroht worden war. Mal veröffentlichten sie seine Privatadresse, mal stachen sie ihm die Reifen platt oder lauerten seiner Freundin auf, selbstverständlich immer so, dass ihnen nichts nachzuweisen war.

Der Aufmarsch heute war ein neues Level, das erkannte er auch.

»Wo bleibt die Polizei?«, murmelte er.

Das Video brach unvermittelt ab. Farid las viele entsetzte Kommentare. ES IST SOWEIT, DIE

RECHTEN MARSCHIEREN WIEDER, WIE DAMALS 1933.

Farid schaltete das Display seines Handys aus und legte es beiseite. Dann drehte er den Fernseher wieder lauter.

»... viele ausländische Staatschefs haben inzwischen ihr tiefes Mitgefühl mit Deutschland ausgedrückt«, sagte die Nachrichtensprecherin auf einem der öffentlich-rechtlichen Sender gerade. »Der französische Präsident erklärte, dieser Tag sei eine dunkle Stunde für die Demokratie überall auf der Welt und seine Gedanken seien bei den Angehörigen.

Inzwischen sind weitere Details zu dem Anschlag bekannt, bei dem die Bundeskanzlerin, der Vizekanzler, der neue Kanzler, der Bundespräsident, der Bundestagspräsident, der Präsident des Bundesverfassungsgerichts und der Bundesratsvorsitzende getötet wurden. Das politische Berlin zeigt sich geschockt angesichts dieser Bluttat. Noch ist unklar, wer in der Folge die Regierungsgeschäfte übernehmen wird. Zur Stunde kommen die Regierungsparteien zusammen und beratschlagen die Nachfolge.

Zeitgleich vermehren sich die Meldungen rechtsextremer Übergriffe aus ganz Deutschland. Wie die Polizei über den Kurznachrichtendienst bekannt gab, versuchen verschiedene rechte Gruppierungen, die Ausnahmesituation zu nutzen und Angst und Gewalt zu verbreiten. Doch, so erklärt der Berliner Polizeipräsident in einer

Stellungnahme, der Rechtsstaat sei intakt und in seiner Handlungsfähigkeit uneingeschränkt. Wer diesen Tag der Trauer ausnutze, um entlang rechter Ideologien Verbrechen zu begehen, müsse damit rechnen, die ganze Härte des Rechtsstaats zu spüren zu bekommen. Chaos und Anarchie würden nicht geduldet ...«

Farid drehte den Fernseher wieder leiser und griff erneut nach seinem Handy. Kurz lauschte er, doch aus den Kinderzimmern im Obergeschoss war nichts zu hören. Die Kinder schliefen tief und fest, glücklicherweise. Die Meldungen hatten sie verunsichert. Mia hatte lange zum Einschlafen gebraucht und immer wieder nach ihrer Mutter verlangt.

Ein wenig nahm es Farid seiner Frau übel, dass sie diese Nacht in der Redaktion verbrachte, auch wenn das ihr Job war. Sie gehörte hierher, zu ihrer Familie. Doch er wusste, dass er ihr diesbezüglich jetzt keine Vorwürfe machen durfte.

Er öffnete den Stream eines anderen sozialen Netzwerks und las in den Postings dort. Viele hatten ein schwarzes Banner über ihre Profilfotos gelegt, um ihre Solidarität mit den Opfern zu zeigen.

Die Seite des algerischen Heimatvereins, in dem er immer noch Mitglied war, hatte ein Video gepostet. Es zeigte ein Flüchtlingsheim, irgendwo in Bayern. Verängstigte Menschen rannten umher, Schreie waren zu hören.

Das Gesicht einer Frau mit dunkler Haut und

Kopftuch erschien in der Kamera. »Sie sind einfach gekommen, mitten in der Nacht, sie haben uns aus unseren Betten geholt und alles kaputt geschlagen. Jetzt brennt das Haus!«

Die Kamera drehte und zeigte nun den brennenden Dachstuhl des Flüchtlingsheims.

»Die Feuerwehr kommt nicht, zu viele Einsätze, sagen sie. In der Innenstadt haben sie Autos angezündet, die sind natürlich wichtiger als unser Zuhause!«, schrie ein Mann, ebenfalls dunkelhäutig, der neben der Frau auftauchte. »Polizei, wo seid ihr? Oder seid ihr alle rechts?«

Farid scrollte weiter.

»... wir haben Beweise dafür, dass nicht nur die Polizei, sondern auch die Bundespolizei, Sanitäter, Feuerwehr und die Bundeswehr von Rechten unterwandert ist. Seit die Rechten die heutigen Anschläge genutzt haben, um den Tag X auszurufen, mehren sich die Meldungen über Polizisten, die sich offen auf die Seite der randalierenden Rechten schlagen oder sich weigern, zu Einsätzen zu fahren. Wenn ihr mich fragt, dann ist es nur noch eine Frage der Zeit, bis es weitere Tote geben wird. Ich frage mich: Wo ist unser Rechtsstaat? Wo sind all die Leute, die doch immer von Recht und Ordnung reden? Warum sind wir hier ganz alleine?« Leon Luckwalds Stirn glänzte im Licht der Kamera, Schweißperlen standen ihm auf der Stirn.

In diesem Augenblick zerbarst eine Fensterscheibe. Triumphierende Rufe und Pfiffe waren zu hören.

»Ich habe die Polizei schon mehrfach angerufen, doch keiner kommt! Bitte helft mir, diese Videos zu verbreiten! Das hier darf nicht geschehen! Nicht in unserer Demokratie!«

Das Video ruckelte, dann stoppte es.

Farid schluckte. Unvermittelt stand er auf und trat an das Fenster. Durch die Schlitze der Rollläden spähte er nach draußen. Dort war alles ruhig. Die Straße lag im Dunkeln, nichts war zu sehen von rechten Aufmärschen oder von einem Mob, der ihm und seiner Familie etwas antun wollte.

»Hirngespinste«, murmelte Farid und wandte sich ab. Dennoch ging er noch einmal zur Haustür, um sich zu vergewissern, dass sie auch tatsächlich abgeschlossen war.

Gerade dachte er darüber nach, ins Bett zu gehen, als er auf einmal einen lauten Knall hörte.

Farid stürzte an das Küchenfenster. Draußen, vor dem Haus, zuckten Flammen in den Himmel. Sein Auto, der Volvo, brannte. »Scheiß Kanacke, verzieh dich dahin, wo du hergekommen bist!«, schrie jemand, dann sah Farid etwa fünf Gestalten, die sich rasch entfernten.

Er zückte sein Handy und wählte den Notruf. Niemand nahm ab.

Langsam ließ Farid das Telefon wieder sinken.

Merle stand hinter ihm auf der Treppe.

»Papa?«

»Ja?«

»Ich habe Angst, Papa«, sagte sie.

»Wir müssen doch irgendetwas tun«, sagte Lisa. »Ich meine, die ganze Nacht hier herumhocken, das hilft uns doch auch nicht weiter. Ich meine, ihr seht doch, was anderswo los ist. Wir müssen etwas unternehmen!«

»Erst einmal müssen wir hier für uns die Gewaltfrage klären«, teilte ihr Flipp in strengem Tonfall fest.

»Die Gewaltfrage?« Lisas Stimme überschlug sich beinahe. »Ich würde sagen, die hat heute ein Typ für uns geklärt, der sieben Menschen im Dom abgeschlachtet hat, direkt vor unseren Augen. Und die ganzen anderen, die Rechten, die jetzt marschieren und Flüchtlingsheime in Brand stecken, Autos, die Jagd auf Linke machen. Wie können wir da noch darüber diskutieren, ob es richtig ist, sich zu wehren?«

»Werden wir denn angegriffen?«, fragte Flipp und sah sie unverwandt an. »Ich meine, wirst du, Lisa, gerade von jemandem bedroht? Ist dein Leben in Gefahr?«

Lisa blinzelte. »Das nicht, aber …«

»Ich verstehe, was du sagen möchtest. Uns war immer klar, dass, wenn der Tag X kommen würde, wir alle auf der Abschussliste der Rechten stehen würden, daraus haben sie ja nie einen Hehl gemacht. Aber hier, im linken Berlin, sind wir relativ sicher. In Sachsen oder Thüringen sieht es schon ganz anders aus.«

»Die Meldungen kommen nicht nur aus Sachsen oder Thüringen, sondern auch aus Hessen, Bayern und

Niedersachsen«, wurde Flipp von Daniel korrigiert. »Ich finde es nicht ok, immer so generalisierend zu sagen, dass die neuen Bundesländer alle rechts sind. Das ist den Menschen, die dort leben, gegenüber sehr diskriminierend.«

»Danke für den Hinweis, Daniel, du hast natürlich vollkommen recht. Es ist kein Problem der neuen Bundesländer. Rechte gibt es überall, auch im Westen. Erinnert ihr euch noch an die Vorfälle in Dortmund im Frühjahr?«

Alle nickten. Im Frühjahr hatten Rechte in Dortmund einen türkischen Jugendlichen zusammengeschlagen, so dass er zwei Wochen lang im Koma lag und vermutlich für den Rest seines Lebens behindert bleiben würde.

Als man dem Täter im Herbst den Prozess machen wollte, waren seine Spießgesellen vor dem Gerichtsgebäude aufmarschiert und hatten versucht, Zeugen einzuschüchtern. Die Polizei hatte ziemlich machtlos gewirkt.

»Ok, und was machen wir jetzt? Ich meine, es ist fast zwei und wir sitzen immer noch hier und diskutieren. Wir sollten da draußen sein und helfen, die Menschen zu beschützen, jetzt, wo es die Polizei nicht kann.« Lisa war außer sich. Sie verstand nicht, weshalb die anderen hier in Seelenruhe zusammensaßen und redeten.

Das war es, was sie an linken Zusammenkünften am meisten hasste, das ewige Gerede. Immerzu mussten alle gehört werden, alle Meinungen und

Befindlichkeiten berücksichtigt werden. Wenn sich jemand, der einer Minderheit angehörte, diskriminiert fühlte, reichte es, das zu äußern, damit ein ganzes Projekt auf Eis gelegt wurde. Basisdemokratie nannten sie es, doch für Lisa war es nur ein großer Haufen Scheiße.

Sie war nicht politisch aktiv, um nur zu reden. Sie wollte etwas verändern, die Dinge an der Wurzel packen, draußen, auf den Straßen, bei den Menschen, nicht hier, in dem nach Räucherstäbchen und Gras stinkenden linken Zentrum.

Das ständige Gerede, die ewigen Diskussionen, das ging ihr auf die Nerven. Ohnehin waren es meistens die Männer, die redeten, während die Frauen vor allem für das Teekochen und Geschirrspülen zuständig waren, obwohl man sich einig war, dass »sexistische Kackscheiße« eigentlich gar nicht ging.

»Ich gehe mal eine rauchen«, verkündete sie und verließ den Raum.

Draußen empfing sie kalte Oktoberluft. Der Herbst war schnell gekommen in diesem Jahr.

Sie zog ihren Drehtabak hervor und begann, sich mit zitternden Fingern eine Zigarette zu drehen.

Daniel kam hinter ihr aus dem Gebäude.

»Hey«, sagte er und seine Stimme klang sanft und weich. »Alles ok bei dir? Ich meine, du hast das heute am Dom ja hautnah mitbekommen. Geht es dir gut?«

»Ja, ich glaube schon«, sagte Lisa, wich seinem prüfenden Blick allerdings aus. Die Wahrheit war, dass sie selbst nicht so genau wusste, wie sie mit den Ereignissen umging. Es war alles noch viel zu frisch. Seit die Schüsse gefallen und die Menschen schreiend aus dem Dom gelaufen waren, hatte sich ihrer ein Gefühl der Unwirklichkeit bemächtigt, so, als befände sich die Welt hinter Glas oder als schaute sie nur einen Film im Kino, so, als hätte das alles gar nichts mit ihr zu tun.

»Mich nervt das alles hier irgendwie«, sagte sie und sog gierig den Rauch ihrer Zigarette ein.

Eigentlich rauchte sie nicht. Sie mochte es nicht, wie ihre Finger und Kleider dann rochen, ebenso wenig wie das Kratzen im Hals, das nie verschwand, ganz gleich, wie oft man auch schluckte.

Sie trug den Tabak nur mit sich herum, weil sie fand, dass es irgendwie lässig wirkte, sich selbst Zigaretten zu drehen, und weil es meistens die gefragten Leute waren, die bei linken Veranstaltungen draußen standen und rauchten. Rauchen, das war subversiv, das war anti, das war irgendwie proletenhaft. All das wollte sie sich aneignen, wenn sie rauchte, aber jetzt rauchte sie einfach nur, um mit dem Stress besser umgehen zu können.

Sie blies den Rauch in einer dicken Wolke in Richtung Nachthimmel.

»Das kann ich verstehen«, sagte Daniel und lehnte sich neben sie an die Hauswand. »Du bist ja auch noch nicht so lange dabei. Da kann einem das hier ziemlich überflüssig vorkommen. Aber Flipp hat recht. Wir müssen die Gewaltfrage für uns als Gruppe klären, bevor wir da rausgehen.«

»Aber warum? Die anderen haben doch mit der Gewalt angefangen. Wir setzen uns doch nur zur Wehr! Ich meine, was nützt denn das ganze Gerede von Gerechtigkeit, Frieden, von einer besseren Welt, wenn wir jetzt nicht bereit sind, für sie einzutreten? Ich meine, guck dir doch mal an, was die anderen Gruppen online posten! Überall sonst geht die Post ab. Wir können doch nicht einfach hier herumsitzen!« Aufgebracht fuhr sich Lisa durch die Haare. Sie hörte selbst, wie schrill sich ihre Stimme anhörte, und sie biss sich auf die Lippen. Auf keinen Fall wollte sie den Eindruck erwecken, hysterisch zu sein, dann nämlich würde sie hier in der Gruppe niemand mehr ernstnehmen.

»Genau darum geht es, Lisa. Wir treten ein für Pazifismus, für eine Welt ohne Gewalt, Autorität und Ausbeutung. Wir können nicht einfach da raus rennen und uns mit den Rechten kloppen, denn dann sind wir nicht besser als sie. Die Wahl der Mittel ist nicht egal, wenn es darum geht, politisch etwas zu erreichen.«

»Aber was ist mit den Demos? Da prügelt ihr euch doch auch mit der Polizei oder demoliert Autos«, entgegnete Lisa.

»Also, ich habe noch nie ein Auto demoliert«, sagte Daniel und lächelte. »Mit der Polizei geprügelt habe ich mich schon oft, wenn auch nicht freiwillig, und ich würde es auch nicht prügeln nennen. Ich habe von denen Kloppe bezogen, wenn ich mich gegen die Feststellung meiner Personalien gewehrt oder eine Vermummung getragen habe. Zu erfahren, wie andere etwas mit dir machen, was du nicht willst, ist sehr verstörend. Die meisten Linken glauben nicht, dass aus Gewalt irgendetwas Gutes entstehen kann. Der einzige Weg ist der Frieden.«

Lisa rollte mit den Augen. »Du klingst wie Ghandi.«

»Danke«, sagte Daniel und strahlte.

Lisa verengte ihre Augen zu schmalen Schlitzen. »Kein Grund, sich zu freuen. Ghandi war nicht sonderlich nett zu Frauen und an Kindern soll er sich auch vergriffen haben.«

Mit diesen Worten trat sie ihre Zigarette auf dem feuchten Asphalt aus und ging an Daniel vorbei wieder nach drinnen.

Grünes Leuchten. Nein, ein Blinken. Ein grünes Blinken, immerzu, an der rechten Ecke seines rechten Auges. War es ein Stern, der da funkelte? Aber Sterne leuchteten nicht grün. Daneben war ein zweites Licht, schwächer und irgendwie bläulich. Dazu dieses Piepsen, ein gleichmäßiges, halbblaues Piepsen, das immer wieder in sein Bewusstsein drang.

Wo war er? Seine Sinne gehorchten ihm nur widerwillig. Erst nach und nach meldeten sie ihm, was um ihn herum geschah.

Er lag in einem Bett, das nach hygienischem Reiniger roch. Die Bettwäsche war seltsam hart. Ein Schlauch führte in seinen Mund und irgendetwas war komisch an der Art, wie er atmete. Steckte der Schlauch etwa in seiner Lunge?

Er versuchte, seine Finger zu bewegen, was ihm mit einiger Mühe auch gelang, dann seine Zehen, doch das war deutlich schwieriger. Da stimmte irgendetwas nicht, so als gehörte der untere Teil seines Körpers nicht mehr richtig zu ihm.

Dann erst strömten die Erinnerungen auf ihn ein. Der Dom. Die Schüsse. Der sterbende Bundespräsident, die Kanzlerin, all die anderen. Er hatte sie alle getötet. Sein Plan war gelungen.

Dann hatte ihn etwas getroffen. In den Rücken. Das würde erklären, warum er seine Beine nicht mehr spürte. Aber war das noch wichtig?

Sein Gehör meldete Stimmen vor der Tür seines Zimmers. Er konnte den Kopf nicht drehen, um zu sehen, wer es war.

»Ich bin Teil der Nachtwache«, sagte eine männliche Stimme, vermutlich einer der zu seiner Bewachung abgestellten Polizisten. »Ist er wach?«

»Nein, bisher noch nicht«, antwortete eine weibliche Stimme, anscheinend eine der Schwestern.

»Ok, sollte er wach sein, antworten Sie ihm nicht auf irgendwelche Fragen zu dem Attentat. Er darf nichts erfahren, weder, wer tot ist, noch, was danach geschehen ist. Der Scheißkerl muss nicht erfahren, welches Chaos er angerichtet hat. Da draußen sind schon genügend Nachahmer unterwegs. Meine Kollegen bundesweit haben alle Hände voll zu tun, die Sache wieder unter Kontrolle zu bringen.«

»Verstanden«, sagte die Frau.

Peter sank ein wenig tiefer in sein Kissen und schloss die Augen. Er hatte es geschafft. Der Tag X hatte begonnen und er hatte das Signal dazu gegeben.

5. Kapitel

Berlin, 04. Oktober 2021

Glocke war vor dem Fernseher eingeschlafen, als ihn der Anruf erreichte. Hellblau flimmerte, fast tonlos, die TAGESSCHAU. Glocke hatte es gefallen, die Bilder von dem Attentat im Berliner Dom ohne Ton immer wieder ablaufen zu sehen. Er brauchte den Sound aus dem Fernseher nicht, in seinem Kopf hallten die Geräusche der tatsächlichen Schüsse und die Schreie der verletzten und fliehenden Menschen wider. Das Klingeln seines Handys riss ihn aus dem Schlaf. Auf dem Fernseher wurde gerade gezeigt, dass sich zahlreiche Berliner vor dem Dom versammelt hatten, Blumen niederlegten und Kerzen entzündeten. Darunter stand zu lesen: ÜBERWÄLTIGENDE ANTEILNAHME AM LEID DER OPFER VON BERLIN. BÜRGER ZEIGEN SICH SOLIDARISCH. MAN WOLLE RECHTER GEWALT KEINE CHANCE GEBEN.

Das Handy schrillte und vibrierte.

Glocke nahm ab.

»Ja?«

»Die Sache ist erledigt. Er hat sich fast eingeschissen«, erklärte ihm Gerald.

»Sehr gut«, sagte Glocke. Er wollte schon auflegen, als Gerald sagte: »Da ist noch etwas.«

»Was?«

»Also, die Sache ist ziemlich groß geworden.

Es haben sich spontan einige Leute angeschlossen, auch noch aus den anderen Ortschaften. Die Bullen waren irgendwann komplett überfordert. Die haben es echt versucht, muss man ihnen lassen, aber sie hatten keine Chance. Irgendwann mussten sie den Schwanz einziehen und haben den Luckwald sich selbst überlassen.«

Glocke runzelte die Stirn. »Und dann?«

»Nichts und dann. Wir wollten ihm ja nur ein bisschen Angst machen, nichts Ernstes oder so. Das hat auch gereicht. Aber die Leute hier, die rufen nach jemandem, der sie beschützt. Ich meine, du hast bestimmt gesehen, was im Netz los ist. Überall Krawall und Randale. Weil die Polizei das hier nicht mehr hinbekommt, übernehmen wir jetzt den Schutz der Bevölkerung.«

Glocke räusperte sich. Ein kaltes Grinsen stahl sich auf sein Gesicht. »Gib mir mal Jan«, verlangte er.

»Hallo?« Jan meldete sich kratziger Stimme. So hörte man sich an, wenn man nächtelang Parolen brüllte.

»Wie ist es gelaufen? Hat jemand Mist gebaut?«

»Nein, keiner. War alles friedlich. Nur ein bisschen Show«, erklärte Jan.

»Stimmt das, was Gerald sagt? Die Polizei war nicht mehr Herr der Lage?«

»Ja, eine ganze Weile ging es hin und her und es war auch eine Menge los. Am Ende hatten die einfach zu wenig Personal.«

Glocke schnalzte nachdenklich mit der Zunge. »Ich werde sofort ein Statement schreiben, dass der Rechtsstaat in Gefahr ist und wir glücklicherweise engagierte Bürger haben, die dem Staat unter die Arme greifen. Unentgeltlich, versteht sich. Reine Bürgerpflicht.«

Jan kicherte aufgedreht. »Das klingt richtig gut, Chef. Der Luckwald ist verschwunden, vermutlich untergetaucht vor Schiss. Der macht auf jeden Fall keine Probleme mehr. Aber die Liste ist ja auch noch lang.«

»Nein, die Liste ist jetzt erst einmal scheißegal. Worauf es ankommt ist, dass es in meinem Wahlkreis nicht zu irgendwelchen Krawallen oder sonstigem Ärger kommt. Die Leute müssen mitbekommen, dass wir es sind, die für Ordnung sorgen. Ich kümmere mich um die PR und wie wir das rüberbringen. Muss man sich mal rantasten, wie weit man in der aktuellen Situation gehen kann, schließlich eine delikate Situation mit den vielen Toten. Aber mir fällt da schon etwas ein. Pass auf, dass die anderen keine Scheiße bauen. Nicht zu viel Alkohol, dafür ruhig mal die ein oder andere Provokation, jetzt, wo die Bullen machtlos sind. Lasst euch mit Symbolen sehen, macht den Kanacken und den Linken ordentlich Dampf, aber keine Gewalt, keine Zerstörung. Verstanden?«

»Jedes Wort, Chef«, sagte Jan.

»Wissen wir eigentlich irgendwas über den Täter? Diesen Peter Dombrak? Ich meine, ist der schon einmal irgendwo aufgetaucht? Kennt den wer?«

»Nein, keiner von uns. Habe mich auch schon umgehört. Der Typ muss komplett alleine und abgeschottet gehandelt haben, keinerlei Verbindungen irgendwie zur Szene.«

Glocke nickte. »Sein Erfolgsrezept. Anders hätte er die Nummer im Dom nie durchziehen können. Ich kann es immer noch nicht glauben.«

»Ja, das geht allen so, aber es live mitzuerleben, ist bestimmt heftig.« Jan knirschte mit den Zähnen, das tat er immer nach einer Prügelei, wie Glocke aus Erfahrung wusste.

»Die Sache bekommt eine ganz eigene Dynamik«, erklärte Glocke. »Wir müssen unsere Strategie flexibel anpassen. Im Moment ergibt sich ein ganz neues Feld der Möglichkeiten.«

»Ja, Chef. Ein ganz neues Feld der Möglichkeiten«, wiederholte Jan.

»Ok, dann geh nach Hause, schlaf ein bisschen, ich brauche dich morgen Vormittag im Büro. Ok?«

»Alles klar«, sagte Jan und legte auf.

Glockes Blick schweifte zu der Uhr, die rechts neben dem Fernseher auf dem Sideboard stand. Sie zeigte kurz nach vier Uhr morgens. Gerade lief ein Band durch das Programm der ARD. Der Vizepräsident des Bundesrats, zugleich auch Vize des Bundespräsidenten, rief die Staatstrauer aus. An allen öffentlichen Gebäuden wurde Trauerbeflaggung angeordnet, alle öffentlichen Feiern abgesagt. EIN LAND IM SCHOCKZUSTAND, las Glocke. DEUTSCHLAND NACH DEN ATTENTATEN.

POLITIKER WELTWEIT ERKLÄREN IHR BEILEID UND SAGEN DEUTSCHLAND UNTERSTÜTZUNG ZU. MORGEN KOMMT IN BERLIN DER KRISENSTAB ZUSAMMEN. EXPERTEN RATEN VON GEDENKVERANSTALTUNGEN AB – ANGST VOR NACHAHMERN IST GROSS.

Es dämmerte bereits, als Lisa mit dem Fahrrad nach Hause fuhr. Sie wohnte mit Leonie, Mirko und Alex in einer WG am Prenzlauer Berg. Auch wenn ihr politisches Engagement ihr nur wenig Zeit ließ, so war sie dankbar für den Rückzugsort, den ihr ihr kleines Zimmer bot. Die frische Oktoberluft wehte ihr ins Gesicht und vertrieb die Müdigkeit, die sich nach zu viel Gras, Bier und endlosen Diskussionen eingestellt hatte.

Die Gruppe hatte sich nicht einigen können. Einige hatten klar dafür plädiert, in den Straßenkampf zu ziehen und den Rechten die Stirn zu bieten, der Rest hatte am Prinzip der Gewaltlosigkeit festgehalten.

Lisa fühlte sich erschöpft. Es konnte manchmal so verdammt anstrengend sein, immer das Richtige zu tun. Sie freute sich auf eine heiße Tasse Tee, eine Badewanne und dann die Stille ihres Zimmers. Für den Abend war ein weiteres Treffen einberufen worden, bis dahin wollte sie sich ausruhen und darüber nachdenken, was die anderen gesagt hatten.

War der Schutz vor rechtsextremer Gewalt etwa kein guter Grund, um ebenfalls Gewalt anzuwenden?

Ihr schwirrte der Kopf von all den Begriffen, die sie nicht wirklich verstand. Sie musste mehr lesen, so viel stand fest. Sie hatte keine Lust mehr darauf, dass alle sie immer so behandelten, als sei sie das naive Dummchen, das von den Besonderheiten des gewaltfreien Befreiungskampfes gegen Kapital, Rassismus und die Unterdrückung der Frau keine Ahnung hatte.

Gerade bog sie in ihre Straße ein.

Sie bemerkte die Gruppe, die vor ihrem Haus stand, zunächst nicht. Erst als sie anhielt und von ihrem Fahrrad stieg, fielen ihr die fünf Männer auf, die direkt vor ihrer Haustür standen. Etwas stimmte mit ihnen nicht. Als Frau, die oft allein in der Stadt unterwegs war, spürte sie so etwas. Sofort stellten sich die feinen Härchen auf ihren Armen auf und sie konnte spüren, wie ihr das Herz bis zum Hals schlug. Diese Typen bedeuteten Ärger.

»Da ist sie!«, brüllte einer.

Das war offensichtlich das Signal, denn im nächsten Moment kamen die fünf Gestalten auf sie zugestürmt.

»Jetzt kriegst du, was du verdienst, du linke Zecke!«, schrie einer und reckte kampfeslustig seine Faust.

Lisa dachte nicht lange nach. Sie schnappte sich ihr Fahrrad, sprang auf und trat in die Pedale. Vor lauter Aufregung trat sie daneben, während die Männer auf sie zu rannten.

»Lasst mich in Ruhe!«, schrie Lisa. »Polizei!

Warum ruft nicht jemand die Polizei? Alex? Leonie?«

Ihr Blick flog an den Fenstern über ihr vorbei, doch nirgendwo brannte Licht.

Die fünf Männer kamen bedrohlich nahe.

Endlich schaffte Lisa es, die Pedale zu treffen, und radelte los. Eine Bierflasche sauste nur wenige Zentimeter an ihrem Kopf vorbei und zerschellte auf dem Asphalt vor ihr.

»Bleib stehen, du linksversiffte Fotze! Wir kriegen dich! Das ist die Abrechnung für deine Schundseite im Internet!«

Lisa drehte den Kopf und stellte zu ihrer Erleichterung fest, dass der Abstand zwischen ihr und den Männern immer größer wurde.

Sie trat so fest in die Pedale, wie sie nur konnte. Ihr Puls raste und ihre Lungen brannten, doch sie fuhr und fuhr. Die Straßen der Stadt flogen an ihr vorbei, sie hielt nicht an, nicht einmal bei einer roten Ampel. Zum Glück war um diese Uhrzeit nicht ganz so viel los.

Vollkommen außer Atem erreichte sie nach 20 Minuten die Straße, in der das linke Zentrum lag. Ganz sicher war da noch irgendjemand wach, der ihr helfen konnte. Oder sollte sie einfach die Polizei rufen?

Abrupt bremste sie ab, als sie die Rauchschwaden sah. Das linke Zentrum stand in Flammen, gerade hörte sie die Sirenen der Feuerwehr näher kommen. Mücke, Flipp, Daniel und Dirk und die anderen standen in einer kleinen Gruppe auf der anderen

Straßenseite und sahen reichlich ramponiert aus. Als sie näher kam, erkannte sie, dass Flipps Kleidung verrußt und zerrissen war, Dirk blutete aus der Nase und Mücke hielt seinen Arm in einem merkwürdigen Winkel und hatte eine Platzwunde an der Schläfe.

Rauch quoll in dicken, dunklen Schwaden aus dem Erdgeschoss. Er kratzte in der Lunge und brannte in den Augen. Flammen waren keine zu sehen. Was auch immer im Inneren brannte, schwelte mehr, als wirklich Flammen zu schlagen.

Aus den umliegenden Häusern kamen Menschen gelaufen, viele von ihnen im Schlafanzug und in Bademäntel. Hinter den Fenstern drängten sich die Anwohner.

»Was ist hier los?«, fragte Lisa, die für einen Augenblick vergaß, dass sie selbst gerade fast Opfer eines Angriffs geworden wäre.

»Lisa! Bist du ok? Sie kamen unmittelbar, nachdem du weg warst«, rief Daniel, dessen rechtes Auge langsam zuschwoll und eine ungesunde dunkle Farbe aufwies.

»Wer? Wer ist gekommen?«

»Das waren irgendwelche Skins, richtig brutale Typen! Die sind hier mit Baseballschlägern aufmarschiert und brüllten, die wollen mit uns abrechnen. Dann haben sie die Fenster eingeworfen. Ein paar von uns sind raus, da gab es gleich Dresche. Einer von ihnen hat einen Molotow-Cocktail durch ein zerbrochenes Fenster geworfen. Der hat dann eines der alten Sofas in Brand gesetzt. Als sie die

Sirenen hörten, sind sie weg.«

In diesem Augenblick bog der erste Leiterwagen unter lautem Sirenengeheul und mit Blaulicht in die Straße ein. Die Typen mussten gerade erst weg sein.

»Wo ist die Polizei?«, rief Lisa. »Habt ihr die nicht angerufen?«

Daniel machte ein überrasches Gesicht. »Die Bullen? Nein, natürlich nicht! Hast du schon vergessen, wie die Bullen uns behandeln? Sie sind die Handlanger des Staats, die das Gewaltmonopol ausüben und missbrauchen. Wir rufen doch nicht ...«

»Ja, ja, schon gut, aber das hier ist Brandstiftung und ihr seid verletzt. Wer hat denn die Feuerwehr gerufen?«, unterbrach ihn Lisa.

Daniel zuckte mit den Schultern. »Einer von den Anwohnern, nehme ich an. Haben ganz schön lange gebraucht, bis sie hier waren, für mein Gefühl. Wir mussten ordentlich was einstecken, aber ein paar von denen, die haben wir auch erwischt. Dirk hat einem von ihnen die Nase gebrochen.«

Lisa stieg ab und kam auf Daniel zu. »Bist du ok?«

»Ja, es geht schon. Warum bist du wieder zurückgekommen?«

»In meiner Straße ... da waren diese Typen. Ich glaube, die haben auf mich gewartet. Ich konnte gerade noch abhauen.«

»Scheiße. Auch Rechte?«

»Ja, die haben irgendwas gebrüllt, das sei die Strafe für meine Website. Ich schätze, sie meinen den

Blog, auf dem ich über die rechten Straftaten seit 2015 geschrieben habe.«

»Es wurden jede Menge Privatadressen im Internet veröffentlicht. Anscheinend meinen die das mit dem Tag X ernst. Wir müssen alle besser auf uns aufpassen.«

»Ist da noch jemand im Haus?«, schrie einer der Feuerwehrmänner, während er den Schlauch ausrollte.

Flipp schüttelte den Kopf. »Nein, die anderen sind alle abgehauen.«

Im nächsten Moment spritzte eine Fontäne aus Löschschaum in die Fenster im Erdgeschoss, aus denen der Rauch quoll. Flammen sah Lisa noch immer keine.

Lisa wies mit dem Kinn die Straße hinunter. »Da kommt die Polizei.«

Daniel drehte sich um. »Was? Ein lächerlicher Einsatzwagen? Weißt du noch, was hier los war, als sie hier die Razzia gemacht haben, letzten Sommer? Oder während Corona? Und jetzt kommen die mit nur einem Wagen?«

»Vielleicht haben sie viel zu tun.«

»Vielleicht sind es einfach Bullenschweine, die darauf scheißen, wenn Linken etwas passiert. Die sind doch froh, wenn wir aufs Maul bekommen, die meisten von denen sind doch selbst rechts.«

Der Streifenwagen hielt an und zwei Beamte stiegen auf. Sie setzten sich ihre Mützen auf und kamen näher.

»Uns wurde hier eine Ruhestörung gemeldet«, sagten sie.

Daniel stieß ein leises Keuchen aus. »Ruhestörung? Seht ihr nicht, was hier los ist?«

Flipp warf ihm einen warnenden Blick zu. »Wir hatten unangenehmen Besuch«, sagte er. »Ein paar Nazis ...«

»Nazis? Woher möchten Sie wissen, dass das Nazis waren?«, sagte der Polizist, ein kleiner, untersetzter Mann mit fleischigen Lippen.

Flipp runzelte die Stirn. »Nun, weil sie Glatzen hatten und entsprechend gekleidet ...«

»Sie wissen, dass man aufgrund von Äußerlichkeiten nicht auf die politische Gesinnung schließen kann. Oder soll ich Ihnen aufgrund Ihrer Dreadlocks unterstellen, dass Sie asozial sind und dem Steuerzahler auf der Tasche liegen?«

»Wwas?« Flipp riss die Augen auf.

»Na, das ist doch so ein Ding von euch linkem Gesocks. Ihr lasst rechtschaffene Menschen arbeiten und begeht währenddessen Straftaten.«

Flipp machte einen Schritt zurück.

»Was reden Sie denn da? Wir wurden angegriffen, unser Haus ...«

»Nun, zuallererst ist das hier ja nicht Ihr Haus, das wollen wir mal festhalten. Sie und Ihresgleichen haben sich diesen Wohnraum widerrechtlich angeeignet und leider hat man es versäumt, Sie dafür zur Rechenschaft zu ziehen.«

Der zweite Polizist legte den Kopf schief. Er war

eher groß und schlaksig, mit einem hellblonden Oberlippenbart. »Sieht so aus, als hätte das jemand nachträglich erledigt.« Er grinste hämisch.

»Das könnt ihr doch nicht ernst meinen!«, rief Flipp.

Dirk trat hinzu. »Hak es ab! Du hörst doch, das sind selbst Na...«

»Oh, jetzt wäre ich ganz vorsichtig.« Der Polizist mit dem Oberlippenbart machte einen Schritt auf Flipp zu, so dass sein Gesicht nur noch wenige Zentimeter von Flipps entfernt war. Flipps Augenlider flatterten, doch er wich nicht zurück.

»Für Beamtenbeleidigung nehmen wir dich gleich mit auf die Wache, Bürschchen, und dann schauen wir mal, was wir dir noch so alles nachweisen können. Bestimmt hast du schon einiges auf dem Kerbholz, so wie ihr alle hier!«

»Das könnt ihr nicht mit uns machen! Wir kennen unsere Rechte, ihr Bullenschweine!«, brüllte Mücke und drängte sich zwischen die Polizisten und Flipp. Für einen Moment sah es so aus, als wollten sich die beiden Polizisten auf die Gruppe stürzen, doch genau in diesem Augenblick kam einer der Feuerwehrmänner zu ihnen herüber.

»Der Brand ist gelöscht. Meine Männer gehen gerade noch einmal durch, um zu sehen, dass auch nichts mehr glüht«, sagte er. Er schien irritiert zu sein über die Szene, die sich ihm bot, sagte aber nichts weiter.

»Das heißt, wir können bald wieder rein?«, fragte

Dirk.

»Nein, das Haus ist für 48 Stunden gesperrt, giftige Dämpfe und Rußentwicklung. Den Fußboden können Sie vergessen. Aber sonst ist das Meiste heil geblieben.« Der Feuerwehrmann musterte die Gruppe. »Braucht einer von Ihnen einen Krankenwagen?«

Der untersetzte Polizist schnalzte abfällig mit der Zunge.

»Nnnein«, antwortete Flipp nach einigem Zögern. Sein verunsicherter und langsam ärgerlicher Blick wanderte zu den beiden Polizisten. »Wir kommen allein klar.«

»Alles klar, dann ziehen wir jetzt weiter. Den Schrieb für die Versicherung erhalten Sie dann von der Polizei«, sagte der Feuerwehrmann und tippte sich zum Abschied an den Helm. »Heute Nacht ist in der Stadt die Hölle los, wir sind schon die ganze Zeit auf Achse. Wir müssen weiter, zum nächsten Einsatz.«

Die anderen Feuerwehrmänner begannen bereits damit, die Schläuche einzurollen.

»Möchten Sie jetzt endlich die Anzeige aufgeben?«, fragte Flipp an die Polizisten gewendet. »Ich kann Ihnen einige der Täter beschreiben.«

»Oh, das ist nicht nötig«, sagte der untersetzte Polizist. »Wir werden in das Protokoll schreiben, dass dies ein Fehlalarm von alkoholisierten Linken war, über den wir freundlicherweise hinweggesehen haben. Ist ja 'ne Menge los seit gestern. Möglicherweise habt ihr im Tod unserer Bundeskanzlerin ja einen Anlass zum Feiern gesehen.«

»Nein!«, rief Mücke. »Das stimmt doch alles gar nicht! Diese Skins sind hier aufmarschiert, die hätten uns umgebracht, wenn die Feuerwehr sie nicht vertrieben hätte. Die Polizei hat ewig auf sich warten lassen! Sie müssen dem nachgehen! Das sind Gewalttäter!«

»Oooh«, machte der Polizist mit dem Oberlippenbart höhnisch. »Habt ihr kleinen Stricher mal den Arsch vollbekommen? Habt doch sonst immer so eine große Klappe auf euren Demos. Und jetzt winselt ihr hier rum? Wie viele von euch gehören zum schwarzen Block?«

»Das dürft ihr nicht!«, schrie Dirk.

Der Polizist, der immer noch Flipp fixiert hatte, wandte sich abrupt Dirk zu. Er schnüffelte. »Täusche ich mich oder riecht es hier nach Gras?«

Er drehte sich zu seinem Kollegen um, dann gingen die beiden zurück zum Streifenwagen.

»In Ordnung, Jungs, das war es für euch!«, rief der Untersetzte über die Schulter. »Nette Show! Das eine Mal lassen wir euch das hier noch durchgehen, aber wenn wir wiederkommen müssen, kann es sein, dass wir den ein oder anderen Grund für eine Hausdurchsuchung finden.«

»Ich glaube das jetzt alles nicht«, sagte Dirk und schüttelte ungläubig den Kopf.

Daniel legte ihm den Arm um die Schulter. »Komm, wir gehen rein! Scheiß drauf, was die

Feuerwehr gesagt hat, wir reißen einfach die Fenster auf. Ich brauche jetzt erst mal ein Bier.«

»Die können das doch nicht einfach ignorieren! Wir müssen uns bei ihren Vorgesetzten beschweren. Das ist ein Fall für die Presse!«

»Als würden die uns das glauben. Du kennst doch die ganzen Fälle von Polizeigewalt, du hast doch selbst schon auf den Demos erlebt, wie hemmungslos die losprügeln. Die Bullen hassen uns, weil wir Linke sind. Die sind froh, dass wir eine Abreibung kassiert haben. Mit den Rechten haben die doch kein Problem.«

Lisa biss sich auf die Lippen. »Also, ich habe schon erlebt, dass Polizisten auch echt ok und hilfsbereit sind, auch zu Linken«, sagte sie.

Die Jungs starrten sie an, als käme sie von einem anderen Stern.

»Keine Ahnung«, fuhr sie fort. »Ich meine, die zwei waren schon irgendwie komisch, aber ich glaube, so etwas kommt häufiger vor, als man denkt. Ihr wolltet doch gar nicht, dass sie kommen.«

»Ja, du hast recht«, sagte Dirk. »Wir müssen das alleine klären. Auf die Bullen als Vertreter des Kapitalistenstaats ist kein Verlass.«

Lisa schüttelte den Kopf. »Ich glaube, da steckt etwas anderes dahinter.«

»Was denn?« Die vier jungen Männer sahen sie an.

»Denkt doch mal nach! Gestern Abend, als ich hierher kam, habe ich einen Schusswechsel mitbekommen, unter Polizisten! Direkt vor der Wache. Ich habe mir das nicht eingebildet, es ist ein Schuss gefallen.« Ihr Gesicht nahm einen gequälten Ausdruck an. »Immerhin weiß ich seit heute Mittag, wie sich Schüsse anhören.« Sie senkte für einen Moment den Kopf und kämpfte gegen die Tränen an, die in ihr in Erinnerung an die Ereignisse im Dom am gestrigen Nachmittag aufstiegen. Sie räusperte sich. »Ich meine, wir wissen doch, dass es jede Menge rechter Netzwerke in der Polizei gibt. Der Attentäter gestern, der ist doch auch Polizist. Er war bestimmt nicht der Einzige. Was, wenn nicht nur ein paar verblödete Neonazis glauben, ihr Tag X sei angebrochen, sondern auch so verdeckte Hardcore-Rechte in den Reihen der Polizei? Wenn die davon ausgehen, dass der Staat am Ende ist und sie keine Konsequenzen zu befürchten haben, dann ist doch klar, warum sie sich so verhalten. Die wollen, dass mit uns abgerechnet wird, weil sie Rechte sind.«

Flipp legte die Stirn in Falten. »Könnte sein, dass du recht hast«, murmelte er nachdenklich. »Aber warum dann der Schuss in der Nähe von der Wache?«

Lisa zuckte mit den Schultern. »Naja, es sind ja nicht alle Polizisten rechts. Die meisten wollen vermutlich nichts anderes, als die öffentliche Ordnung aufrechtzuerhalten, gerade nach einem Tag wie gestern. Die machen einfach ihren Job, und zwar aus Überzeugung. Die würden sich vermutlich auch gegen ihre Kollegen richten, wenn sie mitbekommen, dass diese offen mit den Rechten sympathisieren. Das würde die Schüsse erklären.«

Daniel kratzte sich am Hinterkopf. »Wenn das stimmt, dann geht hier gerade eine ganz schöne Scheiße ab! Ich meine, wenn zwei solche Typen nach wie vor im Dienst sind und ganz offen zur Schau stellen, was sie denken, dann heißt das ja, dass keiner mehr da ist, der sie zur Rechenschaft ziehen kann.«

Flipp schüttelte den Kopf. »Das glaube ich nicht. Die Sache gestern hat sicher für einiges Chaos gesorgt und dann übertreten so zwei Wichser wie die zwei auch mal ihre Grenzen, aber spätestens in ein paar Tagen ist doch alles wieder beim Alten. Die wissen aber, dass dann auch keiner mehr fragt, wie das hier heute wirklich gelaufen ist. Wir haben doch auch schon während der Corona-Ausgangssperren und so erlebt, dass das für einige Bullen eine regelrechte Einladung war, ihre Grenzen zu überschreiten. Ich meine, da gab es teilweise sogar Videos von prügelnden Bullen und nichts ist passiert. Nach einer Nacht wie dieser ist man vermutlich nachsichtig mit seinen Beamten. Ich meine, ich hätte auch keine Lust, mich die ganze Nacht mit den Nazis zu prügeln, die überall durch die Straßen ziehen.«

»Nicht, wenn ich selbst Nazi bin. Dann finde ich es ja toll, wenn alles in Chaos und Gewalt versinkt«, warf Daniel ein.

»Ich mag die Bullen auch nicht. Aber dass jeder von ihnen ein Nazi ist, das will ich einfach nicht glauben. Ich meine, die meisten von ihnen sind ganz normale Männer, Familienväter und so. Die sind vermutlich alle selbst geschockt über das, was gestern passiert ist.« Er breitete die Arme aus.

»Wir sollten unsere Wunden verbinden und drinnen aufräumen. Keine Ahnung, was wir mit dem kaputten Fenster machen, aber es wird uns schon etwas einfallen«, schlug er vor.

Mit gesenkten Köpfen ging die Gruppe zurück in das Haus und schloss die nutzlos gewordene Tür hinter sich.

Brandenburg, 04. Oktober 2021

Grau schob sich das Licht des Morgens über die Dächer, als Sabine den Schlüssel in die Haustür schob und umdrehte.

Erst jetzt bemerkte sie im Augenwinkel das verkohlte Autowrack in der Einfahrt. Wie erstarrt blieb Sabine stehen und starrte das an, was von ihrem Volvo noch übrig war. Ihr Herz machte einen Sprung, Panik stieg in ihr auf. Rasch wirbelte sie herum und schloss die Tür auf.

»Hallo?« Ihre Stimme hallte durch das Haus.

Erleichtert hörte sie Farid und die Kinder in der Küche mit Geschirr klappern. Der Duft von Kaffee und Haferbrei stieg ihr in die Nase.

In wenigen Minuten würden die Kinder in Richtung Schule aufbrechen, Farid zur Arbeit.

Sabine ging in die Küche und traf dort auf ihre Familie, die sich um den Küchentisch versammelt hatte.

»Mama!«, rief Mia und sprang auf. Sie rannte ihrer Mutter entgegen und schloss sie in die Arme.

»Mein Schatz«, sagte Sabine und küsste ihren Haarschopf. »Was ist denn mit unserem Auto passiert? Warum hast du mich nicht angerufen?«

Farid kam auf sie zu und legte den Arm um sie.

»Du siehst sehr müde aus«, sagte er besorgt.

»Ja, es war unglaublich anstrengend. In Berlin ist es ziemlich chaotisch. Was ist in unserer Einfahrt passiert?«

»Irgendwelche Idioten, die auf Krawall aus waren, besoffen von ihrem vermeintlichen Sieg in Berlin«, sagte Farid bitter.

»Heißt das, sie haben einfach so unser Auto angezündet?« Entgeistert sah Sabine ihren Mann an.

»Ja, die sind hier durch das Dorf gezogen und haben randaliert«, sagte Farid ausweichend, um seine Frau nicht weiter zu beunruhigen.

»Also brannten noch mehr Autos?« Sabine, noch immer im Mantel, sah ihn fragend an.

Farid hob die Schultern. »Keine Ahnung. Die Polizei hat sich ziemlich Zeit gelassen, bis sie da war. Ich konnte die Typen auch nicht gut beschreiben. Gleich telefoniere ich mit der Versicherung. Kann ich deinen Wagen nehmen, um auf die Arbeit zu kommen?«

»Ja, natürlich«, sagte Sabine erschöpft. »Hast du gesehen, wer das war? Jemand hier aus dem Dorf?«

»Nein, ich sage doch, ich konnte niemand erkennen.«

»Und warum hast du mich nicht angerufen?«

»Ich wollte dich nicht beunruhigen, du hattest schon genug um die Ohren.« Farid ging zum Kühlschrank und holte die Milch heraus.

»Beunruhigen? Euch hätte sonst etwas passieren können!« Sabine war außer sich.

»Ach, was! Ist doch nichts passiert. Der Schaden ist zwar da, aber wir sind versichert. Diese Typen wollen doch, dass wir Angst haben. Das Beste, was wir tun können, ist zu demonstrieren, dass uns das nicht einschüchtert. Die Polizei kümmert sich darum. Die haben Spuren gesichert und so weiter. Na, komm, du bist sicher total fertig. Ich kümmere mich um alles.«

»Ich brauche eine Dusche, dann haue ich mich hin. Vielleicht kann ich jemand organisieren, der Mia nach der Schule nach Hause bringt, wenn du mein Auto hast«, seufzte Sabine.

»Gute Idee, mein Schatz. Magst du etwas frühstücken? Ich habe frischgepressten Orangensaft.«

Sabine nickte, ging zurück in den Flur und streifte Mantel und Schuhe ab. Im Gäste-WC wusch sie sich gründlich die Hände und desinfizierte sie anschließend, ein Erbe der Corona-Pandemie aus dem vergangenen Winter.

»Mama?« Leon sah besorgt aus.

»Ja?«

»Kann ich heute zu Hause bleiben?«

Sabine betrachtete ihren Sohn. Die Schatten unter seinen Augen verrieten, dass er nicht besonders viel Schlaf bekommen hatte. Vermutlich regten ihn die

Ereignisse sehr auf.

»Ja, ich will auch zu Hause bleiben«, sagte Merle entschlossen, nur um sich sofort wieder ihrem Handy zuzuwenden. »Ich habe keine Lust, heute den ganzen Tag nur über den doofen Anschlag zu reden. Das machen die Lehrer nämlich bestimmt.«

Sabine und Farid wechselten einen raschen Blick.

»Na, gut«, seufzte Sabine. »Dann habt ihr eben alle die Grippe. Dann muss ich mir auch keine Gedanken darüber machen, wie Mia nach der Schule nach Hause kommt.«

»Jaaaa!«, jubelte Leon, sprang von seinem Stuhl und verschwand nach oben. Merle folgte ihm in einigem Abstand, nur Mia ging in das Wohnzimmer und setzte sich vor den Fernseher, auf dem, stummgeschaltet, die Nachrichten liefen.

Sabine folgte ihr und wechselte den Sender, nicht, ohne Farid vorwurfsvoll anzusehen. Sie schaltete den Kinderkanal ein und ging zurück in die Küche. Vorsichtig schloss sie die Tür.

»Was war hier heute Nacht los, Farid? Unser Auto hat gebrannt? Warum hast du mir das nicht gesagt?«

»Ich wollte dich nicht beunruhigen. Das waren doch nur irgendwelche Idioten.«

»Beunruhigen? Die haben unser Auto abgefackelt. Was soll als Nächstes passieren? Stecken sie unser Haus an?«

»Ich will das nicht überdramatisieren. Die Ereignisse gestern haben ziemlich viele Menschen durcheinandergebracht und wir wussten doch schon immer, dass hier auch Idioten leben. Der Polizist sagte, dass sie mehrere Anzeigen wegen Vandalismus haben und auch schon Leute in Verdacht haben. Ich bin mir sicher, sie finden die Verantwortlichen bald. Die waren sicher nur besoffen.«

»Und fackeln dann ausgerechnet unser Auto ab? Farid, mach mal die Augen auf! Das Netz ist voll davon, dass rechte Spinner glauben, ihr Tag X sei gekommen. Der Bekennerbrief von diesem Dombrak ruft sie ja dazu auf! Und nicht wenige folgen dem Aufruf. Der ganze Hass, die ganze Abscheu gegenüber Ausländern, das bricht sich jetzt alles Bahn!«

»Aber Sabine! Du redest ja schon wie eine von diesen Verschwörungstheoretikerinnen. Wir leben in einem Rechtsstaat. Uns wird nichts passieren. Das gibt jetzt ein bisschen Unruhe, aber das geht vorbei. Wir sollten die Ruhe bewahren. Ich finde es gut, dass die Kinder heute zu Hause bleiben, aber wir sollten so schnell wie möglich unser normales Leben weiterleben und uns davon nicht beeindrucken lassen. Genau das wollen die Rechten doch! Sie möchten Angst und Schrecken verbreiten und dafür sorgen, dass sich Leute wie wir nicht mehr aus dem Haus trauen. Diesen Gefallen dürfen wir ihnen nicht tun.« Farid berührte seine Frau am Arm, doch sie entzog sich ihm.

»Farid, hast du mal gesehen, was im Netz los ist?«

Sabine holte ihren Laptop, stellte ihn auf den Küchentisch und klappte ihn auf. Sie öffnete ihren Social Media Feed und klickte auf das erste Video.

Ein junger Mann mit starkem schwäbischem Akzent hielt sein Gesicht in die Kamera. »Es isch der absolute Wahnsinn! Guckt euch an, was für ein Chaos diese kranken Spinner angerichtet haben!«

Er drehte seine Kamera und im frühen Licht des Tages bot sich ein Anblick der Verwüstung. Ein Gebäude mit eingeschlagenen Fenstern war zu sehen, Ruß zeugte davon, dass es dort gebrannt hatte.

»Des isch das Erstaufnahme-Heim bei uns im Ort. Heute Nacht haben sie des angezündet. Zum Glück wurde niemand verletzt, alle Bewohner konnten rechtzeitig fliehen. Die Gesichter von dene Kinner, des hat mir des Herz gebroche! Was sind des für Menschen, die sowas tun?« Das Gesicht des jungen Mannes spiegelte Unverständnis und auch Entsetzen.

»Ja, Sabine, das Netz ist voll davon. Ich habe mir heute Nacht auch ein paar Videos angeschaut. Aber du warst doch heute Morgen draußen unterwegs. Alles geht seinen gewohnten Gang, die Menschen fahren zur Arbeit, die Busse und Bahnen fahren und in Berlin wird bald eine neue Regierung die Arbeit aufnehmen«, sagte Farid.

»Wie kannst du so ruhig bleiben?«, empörte sich Sabine. »Ganz ehrlich, ich denke schon darüber nach, ob es nicht besser ist, wenn wir vorübergehend nach Berlin ziehen, zu meiner Schwester. Hier in Brandenburg gibt es einfach zu viele Rechte und wer weiß, was sie mit uns anstellen.«

»Jetzt sprechen aus dir deine Vorurteile. Nicht alle hier sind rechts, Mensch, die kennen uns doch und wir kennen die. Schon vergessen? Mias Kindergarten, der Fußballverein, die vielen Freunde unserer Kinder? Unsere Nachbarn? Denkst du wirklich, wir könnten hier nicht mehr sicher sein? Das ist doch totaler Quatsch! Die paar rechten Idioten möchten, dass wir Angst haben und abhauen, deshalb dürfen wir ihnen diesen Gefallen nicht tun. Wir gehören hier hin. Alles ist gut! Du bist einfach durcheinander, weil du so wenig geschlafen und dir die Nacht in der Redaktion um die Ohren gehauen hast. Komm, ich mache dir Frühstück und währenddessen kannst du unter die Dusche gehen. Dann schläfst du dich erstmal aus.«

Sabine sah ihren Mann zweifelnd an. »Farid? Kannst du hierbleiben, heute? Nur ausnahmsweise? Sag, dass die Kinder krank sind und ich in die Redaktion muss. Dafür wird dein Chef schon Verständnis haben.«

Farid holte tief Luft. Ihm war anzusehen, dass ihm dieser Vorschlag nicht gefiel, doch ihr flehender Gesichtsausdruck verfehlte seine Wirkung nicht.

»Na gut, ich rufe in der Firma an«, sagte er, nahm ihr Gesicht in seine Hände und küsste sie. »Ausnahmsweise geht das schon mal. Ich meine, es ist ja nur, bis sich alles wieder beruhigt.«

»Wie geht es diesem Scheißkerl?« Hauptkommissar Viktor Liebig machte aus seinen Gefühlen keinen Hehl.

Dr. Alexander Kowalski blickte die Ermittler über seine randlose Brille hinweg emotionslos an.

»Er ist noch nicht stabil«, sagte er. »Wir mussten ihn heute Nacht beatmen. Die Kugel in den Rücken hat seine Lunge perforiert.«

»Kann er sprechen?« Liebig zeigte sich von den Ausführungen des Arztes unbeeindruckt.

»Ja, das kann er, aber meine Herren, Sie verstehen nicht ...«

»Der Generalbundesanwalt verlangt, dass wir dieses Stück Scheiße befragen. Haben Sie eine Ahnung, was da draußen los ist? Ich habe Kollegen, die wegen dieses menschlichen Abschaums schwer verletzt wurden. Glauben Sie mir, ich sähe nichts lieber, als dass er einfach abkratzt, aber so können wir wenigstens noch ein paar Informationen aus ihm herausholen.«

Dr. Kowalski legte die Stirn in Falten. »Was möchten Sie denn von ihm wissen?«

»Das werden wir Ihnen nicht verraten, Doc, laufende Ermittlungen. Also, was ist jetzt?«

Dr. Kowalski verschränkte die Arme vor der Brust. »Es tut mir leid, aber ich kann das wirklich nicht erlau...«

Liebig ignorierte den Arzt und drängte sich an ihm vorbei in Richtung des streng bewachten Krankenzimmers von Peter Dombrak. Er öffnete die Tür.

Das Zimmer lag im Halbdunkel. Zahlreiche Maschinen piepsten und leuchteten grün oder rot. Schläuche führten von ihnen zu Dombraks Körper.

Die Brust des Attentäters war mit einem Verband

umwickelt. Damit die Flüssigkeit aus seiner Lunge besser abfließen konnte, hatte man seinen Oberkörper höher gelagert. Peter Dombrak hatte sein Gesicht dem Fenster zugewandt, auch wenn er durch die heruntergelassenen Jalousien nichts erkennen konnte. Als er die Beamten reinkommen hörte, drehte er langsam den Kopf.

Ein kaltes Grinsen stahl sich auf seine Züge.

»Ich habe mich schon gefragt, wann ich Besuch bekomme. Womit kann ich den Herren dienen?«

Liebig musterte den Verräter mit unverhohlener Verachtung. Er zog sich einen Stuhl an das Bett und bedeutete seinem Kollegen, das Gleiche zu tun.

»Alles klar, Dombrak. Du hattest deine große Show. Dein Foto ist auf allen Titelblättern, du hast den ganz großen Coup gelandet und du bist noch am Leben. Ob letzteres wirklich besser für dich ist, wird sich noch herausstellen, aber fürs Erste möchten wir, dass du uns alles sagst. Wer sind deine Hintermänner, mit wem standest du in Verbindung und wie viel Scheiße wartet da draußen noch auf uns? Ich rate dir, besser alle meine Fragen zu beantworten, denn andernfalls könnte es sein, dass ich diese kleine Maschine, die deine Lunge belüftet, ausschalte und niemand kommen wird, um dir zu helfen!«

Dombrak entblößte seine Zähne. Ein leises, kehliges Lachen war zu hören.

»Wie viele?«, stieß er hervor.

Liebig runzelte die Stirn. »Was?«

»Wie viele habe ich getroffen? Wie viele sind

tot?«

Liebig gingen fast die Augen über. Er sprang auf und wollte sich auf Dombrak stürzen, hielt sich im letzten Moment aber zurück.

»Ich werde dir ganz sicher keinen Anlass geben, deine kranke Tat auch noch zu feiern, das machen da draußen schon genug. Mit deinem feigen Geballere hast du das halbe Land in das Chaos gestürzt. Aber das ist dir nur gelungen, weil du einer von uns warst. Der Schaden, den du angerichtet hast, ist nicht mehr gutzumachen. Wir werden nicht zulassen, dass sich das ausbreitet. Also, mit wem hast du die Tat geplant? Dir ist schon klar, dass der Generalbundesanwalt darüber bestimmt, in welches Gefängnis du kommst. Wie wäre es mit Moabit? Da sitzen doch bestimmt ein paar arabische Clanmitglieder, die mit einem wie dir noch ein Hühnchen zu rupfen haben. Was meinst du?«

Das Grinsen auf Dombraks Zügen wurde noch breiter. »Ihr könnt mir keine Angst machen«, sagte er und ein merkwürdiger Glanz trat in seine Augen. »Ich habe meine Aufgabe hier erfüllt, wenn ich gehe, dann gehe ich in Frieden.«

Liebig stand auf und beugte sich bedrohlich über Dombrak. Dieser erwiderte den durchdringenden Blick des Ermittlers, ohne zu blinzeln.

»Ich schwöre dir, wenn du nicht sofort redest, dann blase ich dir höchstpersönlich das Lebenslicht aus, und ich schwöre dir, niemand wird mich dafür zur Rechenschaft ziehen. Ich habe gehört, unter deinen ehemaligen Kollegen werden schon Wetten abgeschlossen, wer dich zuerst fertig macht, wenn du überlebst«, zischte Liebig.

Dombrak lachte wieder. »Ihr Narren. Ihr habt wirklich keine Ahnung, oder? Ihr denkt, es gäbe ein Netzwerk mit lauter Querverbindungen und ihr müsstet sie nur alle finden, damit Deutschland wieder sicher ist. Aber Deutschland wird nie mehr sicher sein, hört ihr? Es gibt kein Netzwerk, ich habe keine Hintermänner, es gibt nur mich, kapiert ihr das nicht? Ich habe das System der Terrorzelle mit kühlem deutschem Rationalismus optimiert. Meine Reichweite funktioniert über ein einziges Wort: der Tag X. Und wenn ich richtig deute, was ihr mir erzählt, dann ist meine Reichweite riesig. Verdammt, ich bin ein beschissener Popstar! Noch in Jahrhunderten werden die Kinder alles über mich in den Geschichtsbüchern lernen. Ich werde der Held sein, der Deutschland von der Herrschaft des Unrechts befreit, und alles, was euch bleibt, ist, mir dabei zuzusehen.«

Liebigs Hände zuckten. Wie sehr er sich wünschte, sie dem verdammten Mistkerl um den Hals zu legen und zuzudrücken, doch er riss sich zusammen. Dombraks Tod würde niemandem nutzen. Der Schaden war angerichtet. Wenn es stimmte, was Dombrak sagte, dann würden all ihre Ermittlungen ins Leere laufen und niemand konnte vorhersagen, wo der nächste tödliche Ausbruch rechter Gewalt stattfinden würde.

Ruckartig richtete sich Liebig wieder auf, ohne seinen Blick von Dombrak abzuwenden. »Ich hoffe, du kommst in die Hölle und schmorst da für alle Ewigkeit«, sagte er, bevor er sich umdrehte und zur Tür ging. Hier gab es für die Ermittler nichts mehr zu tun.

6. Kapitel

Brandenburg, 04. Oktober 2021

Sabine ging nach oben und drehte die Dusche auf. Während das Wasser heiß lief, warf sie einen Blick in den Spiegel. Man sah ihr die schlaflose Nacht deutlich an. Ihre Haut hatte eine ungesunde graue Farbe, die Falten links und rechts ihrer Augen hatten sich tief eingegraben.

Die Nacht in der Redaktion war anstrengend und sie war es nicht mehr gewöhnt, keinen Schlaf zu bekommen. Die letzten schlaflosen Nächte mit Mia waren schon eine Weile her.

Sie streifte ihre Kleider ab, warf sie in den Wäschekorb und stieg unter die Dusche.

Das heiße Wasser fühlte sich großartig an. Sabine schloss die Augen und genoss es, wie ihre Lebensgeister langsam wieder zum Leben erwachten. Nach zehn Minuten war ihr Körper durchgewärmt und ihr Geist angenehm wach.

Sie stieg aus der Dusche, trocknete sich ab und streifte sich ihren Bademantel über. Mit dem Handtuch auf dem Kopf ging sie nach unten.

Mia saß noch immer vor dem Fernseher. Die quietschenden Stimmen einer Kindersendung waren zu hören.

Sabine ging zu Farid in die Küche. Auf dem Bildschirm seines Laptops verfolgte er die Nachrichten.

»… *im nordrhein-westfälischen Iserlohn kam es zu einem tödlichen Angriff auf den Lokalpolitiker Hermann Michewski. Der Abgeordnete für die Partei DIE GRÜNEN wurde am Morgen, kurz nach sechs Uhr, vor seinem Haus tätlich angegriffen und tödlich verletzt. Der Täter benutzte einen mit Nägeln bespickten Baseballschläger und konnte vom Tatort fliehen. Augenzeugen konnten nur eine vage Täterbeschreibung liefern. Der Tatverdächtige ist etwa 1,80 Meter groß, Glatze, kaukasischer Herkunft. Über das Tatmotiv ist bislang nichts bekannt. Hermann Michewski erlag noch im Krankenwagen seinen schweren Verletzungen* …«, sagte eine Stimme aus dem Off gerade, während Bilder aus einer Vorstadtsiedlung über den Bildschirm flackerten, das Blaulicht zuckte über Absperrbänder.

»Noch ein Toter?« Sabine blieb in der Mitte der Küche stehen.

»Bis jetzt«, sagte Farid und seine Stimme klang düster. »In Karlsruhe wurden zwei Feministinnen auf offener Straße verprügelt, zum Glück nur leicht verletzt. Rechte hatten vorher ihre Adressen im Internet veröffentlicht.«

Sabine goss sich noch einen Kaffee ein und setzte sich neben Farid. In ihrem Kopf waberte das leichte Schwindelgefühl, das Müdigkeit am Morgen gerne mit sich brachte. Sie massierte sich die Schläfen.

»Du hättest mich anrufen müssen, Farid. Die Kinder waren sicher total verängstigt. Ich wäre sofort nach Hause gekommen.« Der Vorwurf in ihrer Stimme war nicht zu überhören.

»Ich wollte einfach nicht, dass du dich aufregst. Du machst dir doch ohnehin schon zu viele Sorgen«, sagte Farid.

»Und ich finde, dass du die Dinge zu locker siehst. Erkennst du jetzt endlich, dass die Lage sehr viel ernster ist, als wir gestern noch dachten? Immer mehr Leute drehen durch.«

»Ok, was das angeht, hast du möglicherweise recht, aber ich denke trotzdem nicht, dass wir in Gefahr sind.«

Absichtlich hatte Farid seiner Frau nicht erzählt, dass es am Vortag eine Weile gedauert hatte, bis die Polizei und auch die Feuerwehr aufgetaucht waren. In der Zwischenzeit hatte er das brennende Auto bereits selbst mit dem Feuerlöscher gelöscht. Zurückgeblieben war ein mulmiges Gefühl, doch darüber wollte er mit Sabine nicht reden. Sie machte sich schon genügend Sorgen. Die Streifenpolizisten, die schließlich rund eine halbe Stunde nach seinem Notruf eingetroffen waren, hatten ziemlich überfordert gewirkt, schienen jedoch ernsthaft bemüht, den Vorfall aufzuklären.

»Heute Nacht ist die Hölle los«, hatte einer der Beamten gemurmelt.

Sabine presste ihre Lippen zusammen. Sie wusste, dass diese Diskussion zu nichts führte.

Sie nippte an ihrem Kaffee und genoss den bitteren Geschmack, der ihr die Kehle hinunterrann. Langsam wanderte ihr Blick nach draußen, wo sich die Blätter an den alten Bäumen im Garten langsam braun verfärbten.

Der alte Baumbestand war ein Grund gewesen, weshalb sie sich in dieses Haus verliebt hatte. Endlich hatten die Kinder einen Garten zum Spielen, konnten auf die Bäume klettern und im Sommer in ihrem Schatten dösen. Doch gerade heute wünschte sie sich zurück in die sichere Anonymität der Großstadt, den Schmelztiegel Berlin, wo es niemanden interessierte, wie man aussah oder wo man herkam.

An der Rückwand der Garage blieb ihr Blick plötzlich hängen. Sabine verschluckte sich an ihrem Kaffee und begann, panisch zu husten.

Farid wurde aufmerksam und begann, ihr den Rücken zu klopfen.

Sabine schüttelte seine Hand ab, stand auf und streckte, noch immer hustend, den Arm aus. Mit dem Finger wies sie auf das, was mit weißer Farbe an die grüne Garagenwand geschmiert worden war. AUSLÄNDER RAUS, stand da in großen Lettern zu lesen und darunter, etwas kleiner, SCHEISSKANACKE.

Sabine spürte, wie ihr schwindelig wurde. Endlich ließ der Hustenreiz nach.

Farid stürmte an das Fenster. »Ich fasse es nicht!«, rief er. »Das muss gestern Nacht passiert sein und wir haben es nicht gesehen.«

Sabine zog ihr Handy hervor und wählte den Notruf.

»Sorg dafür, dass die Kinder das nicht sehen! Lass hinten am Haus die Rollläden runter!«

Rund 20 Minuten später fuhr ein Streifenwagen vor und zwei uniformierte Beamte, ein hochgewachsener Mann mit Bart und eine etwas jüngere blonde Frau, stiegen aus.

Sie klingelten. Farid ging nach draußen und zeigte ihnen die Schmierereien. Anschließend kamen sie in die Küche, wo Sabine nervös auf sie wartete.

»Wissen Sie, wer die Täter sind? Ich meine, das sind doch bestimmt die gleichen, die heute Nacht unser Auto in Brand gesteckt haben. So viele Nazis kann es hier doch gar nicht geben! Sie kennen die doch bestimmt alle namentlich!«, platzte sie aufgebracht heraus.

Der Polizist hob beruhigend die Hände. »Ich verstehe sehr gut, dass Sie aufgebracht sind. Doch ich kann Ihnen versichern, dass wir das Möglichste tun, um die Täter zu finden und die Sicherheit Ihrer Familie zu gewährleisten.«

»Sicherheit?« Sabines Stimme überschlug sich. »Irgendjemand hat unser Auto angezündet. Ist es das nächste Mal unser Haus? Wir haben kleine Kinder!«

»Wir haben sehr konkrete Personenbeschreibungen. Auch an anderen Orten in der Gegend ist es zu Vandalismus gekommen. Was gestern in Berlin passiert ist, verunsichert viele Menschen«, sagte die Polizistin.

»Verunsichert?« Sabine hob eine Augenbraue und sah die Beamtin scharf an. »Wer immer das getan hat, ist ein Rechter und das nicht erst seit gestern. Diese Leute feiern die Bluttat, die einer von ihnen

154

verübt hat, und bei den ganzen Nachahmungstätern ist es nur richtig, Angst zu haben. Es gibt schon weitere Tote. Sollen wir die nächsten sein?«

»Ich gehe nicht davon aus, dass Sie oder Ihre Familie in Gefahr sind. Die Ausschreitungen waren auf die gestrige Nacht beschränkt. Ich denke nicht, dass die Täter wiederkommen. Immerhin haben sie sich ja auch nicht zu erkennen gegeben. Die wollten Ihnen einfach ein bisschen Angst machen.«

Sabine spürte, wie Zorn in ihr aufstieg. »So, wie Sie das sagen, klingt es wie der Streich von ein paar Zwölfjährigen statt wie das Verüben rechtsextremer Straftaten.«

Der Polizist presste die Lippen zusammen. »Ich kann Ihnen versichern, dass wir die Vorfälle sehr ernst nehmen und jedem einzelnen nachgehen. Die genauen Hintergründe aber ...«

»Schon gut«, sagte Sabine und hob abwehrend die Hand. »Ich weiß, noch laufen die Ermittlungen. So etwas Feiges! Was soll ich meinen Kindern sagen? Das hier ist unser Zuhause. Haben Sie gesehen, was im Netz los ist? Da brennen Häuser, Menschen sterben! Ich fühle mich hier nicht mehr sicher! Was, wenn die Polizei mit denen unter einer Decke steckt? Der Attentäter von Berlin ...«

»Da muss ich Sie unterbrechen«, sagte der Polizist scharf und sah Sabine fest in die Augen. »Wir sind entsetzt und betroffen über das, was in Berlin geschehen ist, und ich spreche für den Großteil meiner Kollegen, wenn ich sage, dass wir jede Art von Gewalt verurteilen und uns von jedem rechten Gedankengut distanzieren. Ich bin Polizist aus Überzeugung, weil ich Menschen helfen möchte.« Er straffte sich. »Für mich und andere ist es unerträglich, dass das Ansehen der Polizei auf diese Weise beschmutzt wird. Wissen Sie eigentlich, was meine Kollegen bundesweit in der vergangenen Nacht alles bewältigen mussten? Wir wurden angegriffen und bespuckt, zahlreiche Kollegen sind verletzt und kommen trotzdem zur Arbeit, weil wir einen Eid geschworen haben, und gerade in so schweren Zeiten wie diesen nehmen wir diesen sehr ernst. Ich fände es deshalb gut, wenn Sie uns nicht alle in einen Topf werfen würden.«

Sabine senkte den Blick. »Ja, tut mir leid, Sie haben recht.« Sie rang die Hände. »Ich habe sehr wenig Schlaf bekommen und ich bin in großer Sorge. Ich hätte nie gedacht, dass es hier so viel Feindseligkeit gibt, dass so etwas passiert. Ich meine, die Leute waren immer freundlich zu uns.« Sie fühlte, wie sich ihre Augen mit Tränen füllten.

»Ich bin mir sicher, dass das auch auf die überwältigende Mehrheit der Einwohner hier zutrifft. Die Täter der vergangenen Nacht sind eine Randgruppe. Eine hartnäckige zwar, aber sie stehen nicht für die Mehrheit. So wie der Täter von Berlin nicht für die Mehrheit der Polizei steht.«

Sabine nickte. »Ja, Sie haben recht. Aber was können Sie konkret für die Sicherheit meiner Familie tun, wenn Sie nicht mal wissen, wer die Täter sind?«

»Natürlich gibt es entsprechende

Verdachtsmomente, denen wir nachgehen. Tatsächlich ist es bei uns nicht ganz so schlimm geworden wie anderswo, nur Sachbeschädigung, keine tätlichen Angriffe«, sagte der Polizist.

»Und das soll mich jetzt beruhigen?«, fragte Sabine, fing sich aber gleich wieder.

»Wenn Sie sich hier nicht sicher fühlen, gibt es vielleicht die Möglichkeit, für die nächsten Tage woanders unterzukommen, wo Sie mehr Ruhe haben?«, schlug die Polizistin vor.

Sabine sah sie entgeistert an. »Das hier ist mein Zuhause. Ich werde nicht flüchten, nur weil hier noch immer einige im Jahr 1933 leben.«

Farid stellte sich neben seine Frau und nickte zustimmend. »Das sehe ich genauso. Wir müssen dem rechten Mob die Stirn bieten, gerade jetzt. Wir lassen uns nicht vertreiben.« Er schluckte, als er an die Flammen dachte, die gestern von seinem brennenden Auto aus in den Himmel geschlagen waren, ein gespenstischer Anblick, der sich ihm tief eingebrannt hatte.

»Na gut«, sagte der Polizist. »Wir werden mit Einbruch der Dunkelheit eine Streife zu Ihrem Schutz vor dem Haus abstellen.«

Mit diesen Worten verabschiedeten sich die Beamten.

Sabine und Farid blieben verunsichert zurück.

Farid umarmte seine Frau.

»Denkst du, wir haben das Richtige getan?«, fragte Sabine.

»Ich weiß es nicht«, sagte Farid und küsste ihre Stirn.

»Verbale Gewalt, Gewalt gegen Sachen, Gewalt gegen Menschen ...«, murmelte Sabine.

»Was sagst du?«

»Naja, so sind die Nazis damals auch vorgegangen. Erst gab es nur verbale Gewalt, dann sind sie gegen jüdische Geschäfte und Synagogen gegangen, haben Bücher und Kunst verbrannt und dann schließlich haben sie Menschen in den KZs vergast. Ich meine, so fängt es an. Das da draußen ist keine harmlose Schmiererei. Sie zeigt, dass sich die Täter sicher fühlen und anscheinend zu Recht.« Sie schmiegte sich an ihren Mann. Es tat gut, seinen vertrauten Geruch zu riechen. Wie stets, spendete seine Nähe ihr Trost und gab ihr Sicherheit.

»Ich glaube, die Polizei hat im Moment wirklich alle Hände voll zu tun. Da sind zum einen die ganzen Nachahmer, zum anderen müssen sie sich jetzt endlich damit beschäftigen, dass sie auch Rechte in den eigenen Reihen haben. Darauf gab es ja schon länger Hinweise«, sagte Farid, der die Nachrichten stets aufmerksam verfolgte.

»Ja, zwei meiner Kollegen arbeiten gerade an einem Artikel dazu, jedenfalls haben sie das, bevor ...« Sabine brach ab und schüttelte den Kopf. »Ich kriege das immer noch nicht in meinen Kopf. Ich meine, da marschiert ein Polizist, Mitglied einer Spezialeinheit, einfach in den Berliner Dom und metzelt die komplette Regierung ab, ausgerechnet am Tag der Einheit. Ich meine, dieses Datum wird für immer mit dem Attentat verknüpft sein.«

Farid zog eine Grimasse. »Ich glaube, das war für Deutsche noch nie ein richtiger Feiertag.«

»Vermutlich hast du recht. Das Attentat an sich ist schon mehr, als man fassen kann, aber schau dir mal an, was seither passiert ist und zwar überall im Land. Ich habe die ganze Nacht nichts anderes gemacht, als Social Media Postings zu rechten Straftaten zu checken, und die sind überall aufgetreten, nicht nur hier im Osten, nein, überall. So als hätten all die Rechten nur darauf gewartet, dass so etwas passiert.«

»Na, wenn man das Gerede von dem Tag X glaubt, dann haben sie das ja auch.«

»Ich muss gestehen, ich habe das nie ernst genommen«, sagte Sabine. »Für mich waren Rechte immer irgendwie unterbelichtet, Spinner, die irgendwelchen Verschwörungstheorien anhängen und Hass verbreiten. Aber anscheinend sympathisieren da draußen mehr Leute mit so einem Gedankengut, als wir uns eingestehen wollten.« Sie streifte sich eine Haarsträhne aus dem Gesicht, die sich aus ihrem hastig gebundenen Zopf gelöst hatte.

»Das liegt nur an diesen Brandstiftern von der PfD! Die haben doch mit ihren Fake News und ihren Social Media Bots und ihrem ganzen Mist dafür gesorgt, dass rechte Meinungen immer mehr normalisiert wurden«, fuhr sie fort, mit wachsender Empörung in der Stimme. »Man hätte sie verbieten müssen, von Anfang an!«

Farid lächelte traurig. »Ich glaube nicht, dass ein Verbot der richtige Weg ist. Ihr Deutschen seid immer so stolz auf eure Demokratie. Muss Demokratie nicht auch solche Leute aushalten?«

»Damit dann am Ende die halbe Bundesregierung tot ist?« Sabine sah ihn mit weit aufgerissenen Augen an.

»Bitte, reg dich nicht auf!«, sagte Farid und zog sie an sich. »Ich sage ja nur, dass es schwierig ist, wenn man Meinungen verbietet. Sie verschwinden so ja nicht, sondern werden im Untergrund immer größer.«

»Ich glaube, dass es einen wie Peter Dombrak nicht stört, ob seine Meinung erlaubt ist oder nicht. Er hat sich eine bestimmte Weltsicht zurechtgelegt und sich immer weiter radikalisiert. Ich habe mal ein Buch über solche Attentäter gelesen. Die leben irgendwann in ihrer eigenen Welt und sind von außen kaum noch zu erreichen. Ich frage mich aber, wie der so lange unter dem Radar der Sicherheitsleute bleiben konnte. Ich meine, haben die geschlafen? Das haben wir uns gestern alle in der Redaktion gefragt.«

»Wenn er keinerlei erkennbare Verbindungen zur rechten Szene hatte, wie sollten sie dann auf ihn kommen?«, sagte Farid. »Er ist Polizist. Alle haben ihm vertraut.«

»Ja«, sagte Sabine nachdenklich. »Alle haben ihm vertraut. Aber woher sollen wir wissen, welchen Polizisten man vertrauen kann und welchen nicht? Gibt es schon irgendwelche Meldungen dazu?

Hat man noch mehr Leute verhaftet, die mit dem Attentat in Verbindung stehen? Ich glaube, es ist für die Bevölkerung extrem wichtig, dass der Rechtsstaat jetzt Stärke demonstriert. Sonst versinkt das Land noch im Chaos! Und das in Deutschland, dem rationalen, vernünftigen Deutschland. Ich komme mir vor wie in einem Dritte-Welt-Land, in dem irgendwelche Splittergruppen versuchen, sich an die Macht zu putschen.«

»Aber so ist es nicht«, beruhigte sie Farid. »Glaube mir, ich weiß, wie es ist, wenn ein Land im Chaos versinkt. Schau doch mal nach draußen. Die Menschen fahren zur Arbeit, die Supermärkte haben geöffnet, die Kinder gehen zur Schule. Alles ist in Ordnung. Die Polizei und die Sicherheitsbehörden werden das schon sehr bald wieder in den Griff bekommen, notfalls mit der Hilfe des Militärs.«

Sabine nickte und stand auf.

»Legst du dich ein bisschen hin?«, fragte Farid.

Sie schüttelte den Kopf. »Nein, ich will wieder in die Redaktion. In Zeiten wie diesen haben die Medien eine besondere Verantwortung. Du hast keine Ahnung, was für ein Schwall aus Hass und Aufrufen zur Gewalt sich seit gestern im Netz ergossen hat. Wir müssen dagegenhalten, mit gutem Journalismus.«

»Ich habe die ganze Nacht nichts anderes gemacht. Schon erschreckend teilweise«, murmelte Farid.

Sabine sah ihren Mann an. »Weißt du, was ich mich frage? Ob es überhaupt gut ist, über die vielen Nachahmer zu berichten. Damit feuert man das

Ganze doch nur noch mehr an.«

»Wie ist denn die Meinung in der Redaktion dazu?«, wollte Farid wissen.

»Um ehrlich zu sein hatten wir nicht wirklich Zeit, darüber zu diskutieren. Aber ich nehme es heute Mittag mit in die Redaktionskonferenz.«

Sabine begann, den Geschirrspüler einzuräumen.

Farid klappte seinen Rechner auf und scrollte durch die Meldungen. In seinem Social Media Stream fand er ein weiteres Video von Max Luckwald. Es war später in der Nacht aufgenommen worden. Im Hintergrund erkannte Farid das chaotische Wohnzimmer. Blaulicht flackerte.

»Die Polizei ist endlich hier«, sagte Max Luckwald in die Kamera. »Sie sind mit mehreren Streifenwagen gekommen, aber die Rechten werden immer mehr. Seht selbst!«

Er drehte die Kamera um. Undeutlich war zu erkennen, dass die Gruppe der Rechten in dunkler Kleidung, einige mit Glatze, gewachsen war. Einer von ihnen schwenkte eine Reichsflagge. Ganz vorne stand ein stiernackiger Glatzkopf in martialischer Kleidung, neben ihm weitere junge Männer mit auffällig korrektem Seitenscheitel. Ihnen gegenüber standen acht Polizisten. Unverständliches Gebrüll war zu hören, dann eine Durchsage über Lautsprecher.

»Diese unangemeldete Versammlung wird mit sofortiger Wirkung aufgelöst. Verlassen Sie den Platz! Des Weiteren untersagen wir das Tragen oder Zurschaustellen verfassungsfeindlicher Symbole. Bei

Zuwiderhandeln wird es Festnahmen geben.«

»Verpisst euch, ihr Scheißbullen! Ab heute gehen die Uhren anders, habt ihr das noch nicht begriffen! Eure Zeit ist vorbei, das neue Reich ist da!«, rief der Stiernackige und rollte demonstrativ die Ärmel seines Hemdes nach oben.

»Zurück!«, schrie einer der Polizisten, als zwei der Männer mit Seitenscheitel auf sie losgingen. Er griff nach seiner Weste und holte Pfefferspray hervor. Dann brach ein Tumult los. Die Rechten stürzten sich auf die Polizisten, einige von ihnen mit Baseballschlägern, andere mit bloßen Fäusten, während die Polizisten sich mit Schlagstöcken und Pfefferspray entschieden zur Wehr setzten. Einige Augenblicke sah es so aus, als könnten sie dem Ansturm standhalten, dann aber wurden sie unerbittlich immer weiter zurückgedrängt.

»Das sieht nicht gut aus«, hörte man Max Luckwald aus dem Off sagen. »Die rechten Wichser sind einfach in der Überzahl!«

Einer der Polizisten forderte über sein Funkgerät Unterstützung an, doch es war klar, dass diese viel zu lange brauchen würde, um einzutreffen.

»Rückzug!«, brüllte ein anderer Polizist. Er griff nach seiner Pistole und feuerte einen Warnschuss ab. Die Polizisten schafften es gerade noch, sich in ihre Streifenwagen zurückzuziehen, bevor die Meute über sie herfiel. Das Heckfenster eines der Wagen ging zu Bruch, dann entfernten sich die Einsatzwagen der Polizei mit quietschenden Reifen.

»Ich hoffe nur, sie kommen wieder«, flüsterte Max Luckwald, dessen verängstigtes Gesicht nun wieder zu sehen war. »Ansonsten sind wir nämlich richtig am Arsch!«

Im Hintergrund sah man, wie sich die grölende Meute wieder dem Haus der Luckwalds zuwandte. Das Video brach ab.

»Kranke Scheiße«, entfuhr es Farid.

Sabine, die gerade die Milch zurück in den Kühlschrank gestellt hatte, drehte sich zu ihm um.

»Was gibt es Neues aus Berlin?«, fragte sie.

Farid rief ein Video der TAGESSCHAU auf.

»... in Berlin kommt heute der Krisenstab zusammen. Er setzt sich zusammen aus den Vize-Amtsinhabern der am gestrigen Tag der Deutschen Einheit getöteten Kabinettsmitglieder, darunter auch die Bundeskanzlerin. Lediglich der Posten der Kanzlerin selbst bleibt unbesetzt, doch die Vize-Vorsitzenden der Union haben bereits mit der Übernahme der Amtsgeschäfte begonnen. Die Justizministerin, der Außenminister, der Wirtschaftsminister und der Verteidigungsminister sowie die weiteren Mitglieder des Kabinetts sowie die Ministerpräsidenten und Innenminister der Länder werden ebenfalls an der Krisensitzung teilnehmen und besprechen, wie die Regierungsgeschäfte kommissarisch weitergeführt werden und ob Neuwahlen notwendig sind. Alle Regierungsmitglieder drückten ihr Entsetzen über die gestrigen Ereignisse aus, betonten aber, dass die Aufrechterhaltung der öffentlichen Ordnung und die

Fortführung der Regierungsgeschäfte oberste Priorität hätten. Dies sei man den Bürgern schuldig, erklärte der nordrhein-westfälische Ministerpräsident. Darüber hinaus geht es um die allgemeine Sicherheitslage. In einer eigenen Krisensitzung mit den Vertretern der Sicherheitskräfte wird über einen möglichen Einsatz der Bundeswehr im Inneren diskutiert. Zahlreiche Fälle von Vandalismus und tätlicher Gewalt sorgten nach dem Attentat in Berlin vielerorts für Verunsicherung. Die Sicherheitsbehörden sprechen von vereinzelten Trittbrettfahrern.

Der hessische Ministerpräsident versicherte, dass sich die Menschen auf das Eingreifen der Polizei verlassen könnten. Der Rechtsstaat und seine Exekutive arbeiteten uneingeschränkt, die Sicherheit der Bürger sei gewährleistet ...«

Sabine sah ihren Mann an. »Findest du es nicht komisch, dass sie das so betonen?«

Grimma, 04. Oktober 2021

»Denkst du, sie kommen wieder?« Max Luckwalds Mutter sah ihren Sohn fragend an. Die Angst in ihren Augen war nicht zu übersehen.

Max zuckte mit den Schultern. »Keine Ahnung. Wenn, dann erst heute Abend. Ich habe noch einmal mit der Polizei telefoniert. Sie werden heute Nacht einen Streifenwagen vor die Tür stellen.«

Sein Blick wanderte über das verwüstete Wohnzimmer. Alle Scheiben waren zerschlagen, der

Garten sah aus, als hätte ein Bulldozer Squaredance darauf veranstaltet. Müll lag herum, zerbrochene Bierflaschen.

»Unvorstellbar«, murmelte er.

»Was sagst du?«, fragte seine Mutter.

»Unvorstellbar, dass das möglich ist. Ich meine, dass mit den Rechten nicht zu spaßen ist, das wussten wir schon immer. Auch, dass sie nur auf eine Gelegenheit warten, abzurechnen. Aber dass es so schlimm kommen würde, das konnte niemand wissen. Selbst wir nicht.«

»Sie sagen, dass in Berlin der Krisenstab tagt. Im Fernsehen heißt es, man müsse sich keine Sorgen machen, die öffentliche Sicherheit sei gewährleistet.«

Max sog scharf die Luft ein. »Nach gestern Abend kann ich das nicht mehr wirklich glauben. Ich meine, hast du gesehen, wie hilflos und überfordert die Polizisten wirkten? Sie waren in der Unterzahl gegenüber dem rechten Gesocks!«

Die Unterlippe seiner Mutter begann zu zittern. Plötzlich überfiel Max Wut, Wut über die rechten Schläger, die nicht davor zurückschreckten, eine alte Frau zu terrorisieren und sich am Eigentum anderer zu vergreifen.

Er hatte gewusst, dass es schwierig werden würde, sich hier als linker Politiker zu positionieren, andererseits galt DIE LINKE im Osten noch immer als die Nachfolgepartei der SED und wurde dementsprechend gewählt. Die Probleme waren groß, von Arbeitslosigkeit über fehlende Infrastruktur bis zum Investitionsstau.

DIE LINKE gab sich alle Mühe, hier, in den strukturschwachen Gebieten, für die Menschen da zu sein, doch gerade in den letzten fünf bis sechs Jahren hatten ihnen die Rechten langsam, aber sicher das Wasser abgegraben. Sie waren »die Kümmerer«, die Linken waren nur noch die, die ihre Versprechen nicht hielten.

Schon in seiner Jugend hatte sich Max gegen Rassismus engagiert. Er hatte die immer gleichen Sprüche über kriminelle Ausländer einfach nicht mehr hören können. Seiner Meinung nach war Antifaschismus die einzige Konsequenz, die sich aus den Verbrechen Deutschlands während der Nazizeit ergeben konnte, doch in den letzten Jahren hatte er mehr oder weniger hilflos mitansehen müssen, wie immer mehr seiner ehemaligen Schulkameraden und Freunde nach rechts abdrifteten.

Es lag an der Unzufriedenheit. Irgendwie hatte man sich von der Wende mehr versprochen, fühlte sich abgehängt. »Die im Westen« verdienten eben immer noch mehr, während es dem Osten immer schlechter ging. Leichtes Spiel für die Rattenfänger der Rechten, die sich immer häufiger einen bürgerlichen Anstrich verliehen.

Noch immer konnte er das Adrenalin spüren, das seit dem Angriff letzte Nacht durch seinen Körper wogte. Nie zuvor hatte er sich so sehr an Leib und Leben bedroht gefühlt, auch wenn er in der Vergangenheit schon in so manche Auseinandersetzung mit den

Rechten verwickelt worden war.

Aber das gestern Nacht, das war etwas anderes gewesen. Noch immer ließ ihn die Selbstverständlichkeit, mit der die Rechten ihre Gewaltbereitschaft und ihre zahlenmäßige Überlegenheit demonstriert hatten, erschaudern. Die Polizei war nicht zurückgekehrt in der gestrigen Nacht. Sie hatten ihn und seine Familie allein gelassen, erst am frühen Morgen war ein Streifenwagen vorgefahren, hatte die Anzeige aufgenommen, die Zerstörung dokumentiert und ihm versprochen, dass sie heute Nacht einen Streifenwagen für ihren Schutz abstellen würden.

Natürlich kannte er die meisten der Rechten mit Namen, mit einigen war er sogar in die Schule gegangen. Das hier war eine ländliche Gegend, hier kannte man sich.

Anscheinend hatte die Aktion gestern nur dem Zweck dienen sollen, ihn und seine Familie einzuschüchtern, klarzumachen, was möglich wäre, wenn sie nur wollten. Er ahnte auch, wer dahinter steckte. Ganz sicher war es dieser Bernd Glocke, der jetzt für die PfD im Bundestag saß. Sicherlich hatte er nach den Ereignissen gestern seine Chance gewittert, mit ihm abzurechnen.

»Sie haben uns immer damit gedroht, dass sie uns fertig machen, wenn der Tag X kommt«, sagte er und legte seiner Mutter den Arm um die Schultern.

Seine Mutter schlug die Hände vor das Gesicht und begann zu weinen. »Was sollen wir denn jetzt nur tun, Max?«, fragte sie.

»Ich weiß es nicht, Mama, ich weiß es nicht. Vermutlich ist es besser, wenn wir heute woanders schlafen.«

Er blickte auf sein Handy und scrollte durch die Videos der vergangenen Nacht. »Ich muss noch etwas online stellen«, murmelte er.

Seine Mutter sah ihn entgeistert an. »Was? Ist denn noch nicht genug passiert? Möchtest du, dass sie zurückkommen und uns umbringen?«

Max hob kurz den Blick. »Nein, Mama, so weit werden sie nicht gehen. Die wollen, dass wir Angst haben, Gewalt und Einschüchterung sind die einzige Sprache, die die kennen. Aber siehst du das hier?«

Er vergrößerte den Ausschnitt auf seinem Handy. »Weißt du, wer das ist?«

Seine Mutter schüttelte den Kopf.

»Das ist Jan Liebermann. Der leitet für Bernd Glocke hier das Wahlkreisbüro. Verstehst du, Mama? Die PfD hängt da mit drin, so wie wir es schon immer sagen. Die machen mit bei dem Scheiß vom Tag X. Ich wette, Glocke hat sie persönlich geschickt, um mit mir abzurechnen. Siehst du, wie sich Jan im Hintergrund hält? Er wollte nicht, dass ich ihn sehe, und trotzdem konnte ich ihn filmen. Das muss ich online stellen. Die PfD muss dafür zur Rechenschaft gezogen werden.«

»Max, bitte, tu nichts Unüberlegtes. Berlin ist weit weg«, sagte seine Mutter flehend.

»Mama, mach dir keine Sorgen! Die meisten

Menschen verurteilen rechte Gewalt. Die haben keine Chance. Spätestens morgen ist die Sache vorbei. Du wirst sehen. Na, komm, wir räumen noch ein bisschen auf!«

Brandenburg, 04. Oktober 2021

Als es an der Tür klingelte, erschraken Sabine und Farid.

»Wer kann das sein?« Sabines Gesicht war blass.

»Ich gehe zur Tür«, sagte Farid. Er stand auf, ging in den Flur und öffnete.

Sabine hörte Stimmen, konnte sie aber nicht zuhören. Sie folgte Farid.

Vor der Tür standen Volker und Ingrid Mall, ihre Nachbarn. Bisher hatten sie mit ihnen nur wenig Kontakt gehabt, aber man hatte sich freundlich über den Gartenzaun hinweg gegrüßt.

Ingrid Mall winkte Sabine zu, als sie sie entdeckte. Sie war eine adrette Frau jenseits der 60, ihr Mann hatte früher als Professor Medizin an der Universität gelehrt. In der Hand hielt sie einen Kuchen.

»Hier, der ist für Sie«, sagte sie und lächelte freundlich.

»Den dürfen Sie auf keinen Fall verpassen, der Bienenstich meiner Frau ist legendär«, sagte Volker Mall.

Lächelnd nahm Sabine den Kuchen entgegen. »Vielen Dank, aber womit haben wir den denn verdient?«

Volker und Ingrid Mall wechselten einen raschen Blick.

»Wir haben mitbekommen, was heute Nacht hier los war. Wir sind hier, um Ihnen zu sagen, dass nicht alle hier so denken, ganz im Gegenteil. Das hier ist ein freundlicher Ort, wir heißen jeden willkommen«, sagte Ingrid Mall.

»Diese Schlägertypen sind hier nicht tonangebend«, bekräftigte Volker Mall. »Meine Frau und ich haben vor Jahren hier einen Verein gegründet, um das Miteinander zu stärken. Das ist passiert, nachdem ...«

»... nachdem unser Sohn gestorben ist. Er kam bei einem Verkehrsunfall ums Leben. Er hat sich immer gegen Rechts engagiert und der Verein war für uns der richtige Weg, um sein Engagement fortzuführen. Wir dürfen Ihnen versichern, dass Sie und Ihre Familie hier herzlich willkommen sind und dass Sie von diesen Holzköpfen nichts zu befürchten haben. Die sind viel zu feige!«, beendete Ingrid Mall den Satz ihres Mannes.

»Wir sprechen hier nicht nur für uns, sondern für die gesamte Einwohnerschaft. In Zeiten wie diesen ist es wichtig, Solidarität zu zeigen. Wir stehen zusammen!«

Sabine schluckte. Sie konnte die Tränen, die sich seit gestern in ihr aufgestaut hatten, nicht mehr zurückhalten.

»Ich danke Ihnen«, sagte sie mit tränenerstickter Stimme. »Es ist schön, zu wissen, dass wir nicht alleine sind«, sagte sie und zwang sich zu einem Lächeln.

Berlin, 04. Oktober 2021

»Haltet ihr das wirklich für eine gute Idee?« Bernd Glocke hob zweifelnd die Augenbrauen.

Marlies König bedachte ihn mit einem ärgerlichen Blick, während sie den Kragen ihrer Bluse vor dem Spiegel richtete.

»Unsere Wähler verlassen sich auf uns«, erklärte Norbert Wegmann, der noch einmal die Notizen für das Statement durchging, das er und Marlies gemeinsam mit Rolf Kulmann in den vergangenen Stunden vorbereitet hatten.

»Ich bin mir einfach nicht sicher, ob es funktionieren wird«, antwortete Glocke.

»Es wird funktionieren«, erwiderte Kulmann in seinem Rücken.

Kulmann saß mit hochgelegten Beinen hinter Glocke an dem großen Tisch im Konferenzraum der PfD-Parteizentrale.

»In Zeiten wie diesen sehnen sich die Menschen nach klaren Antworten und einfachen Lösungen und genau die liefern wir ihnen. Seid ihr bereit?«

Marlies und Norbert nickten. Sie bauten sich vor der Wand mit dem PfD-Logo auf. Kulmann stand auf und ging zu dem Stativ mit der Kamera. Er schaltete sie ein und stellte sie so ein, dass Marlies' und Norberts Gesichter direkt in der Mitte waren.

»Und Action«, sagte Kulmann und grinste.

»Der Anschlag von Berlin erfüllt uns alle mit Entsetzen. Offensichtlich haben die Regierungsparteien die Sicherheitsbehörden so kaputt gespart, dass der Attentäter sich über Jahre hinweg unentdeckt unter ihnen bewegen konnte. Schon seit Jahren fordern wir, die PARTEI FÜR DEUTSCHLAND, dass die Polizei und die übrigen Sicherheitsbehörden finanziell und personell aufgestockt werden, um die Sicherheit unserer Bürger zu gewährleisten«, sagte Marlies in die Kamera. Ihr Lippenstift leuchtete eine Spur zu grell in dem hellen Licht der drei Lampen, die Kulmann zur Beleuchtung aufgestellt hatte.

Glocke verzog verächtlich den Mund, als sie herunterratterte, welche Forderungen die PfD in den vergangenen Jahren hinsichtlich der Ausstattung der Polizei gestellt hatte. Über Marlies König ließ sich nicht viel sagen. Sie gehörte dem gemäßigten Flügel an, eine Hausfrau aus Niedersachsen, die früher einmal Nägel modelliert hatte, doch da die Partei an einem eklatanten Frauenmangel litt, hatte sie nach ihrem Eintritt in die Partei einen nahezu kometenhaften Aufstieg hingelegt. Glocke war sich unsicher, wen von beiden er mehr verachtete.

Im fertigen Video würde auf Marlies' Aussage ein Zusammenschnitt verschiedener Videoschnipsel folgen, die mehrheitlich dunkelhäutige oder schwarzhaarige Menschen beim Begehen von Straftaten zeigten.

»Schon seit Jahren ist es die Haltung unserer

Partei, dass der Rechtsstaat im Umgang mit ausländischen Straftätern keine Schwäche zeigen darf. Offensichtlich haben die Ereignisse des vergangenen Tages bei so manchem kriminellen Subjekt, das über die offenen Grenzen zu uns gelangt ist, dafür gesorgt, dass sie den Rechtsstaat und die Sicherheit der deutschen Bürger in Frage stellen. Uns erreichten in den letzten Stunden viele Videos, Fotos und Nachrichten besorgter Bürger, die entsprechende Vorfälle dokumentieren, und das bundesweit. In Halle plünderte eine Gruppe krimineller Ausländer einen Supermarkt, in Offenbach wurde eine Frau überfallen, niedergeschlagen und ausgeraubt. Wie schon so oft berichtet die gleichgeschaltete Presse darüber nicht, sondern erzählt weiter das Märchen von rechter Gewalt. Fest steht: Die öffentliche Ordnung ist in Gefahr und wir fordern mit Nachdruck die Bundesregierung dazu auf, die Sicherheit jedes Einzelnen wieder zu gewährleisten. Es ist nicht länger hinnehmbar, dass kulturfremde Menschen diese Notlage des deutschen Staates ausnutzen, um sich zu bereichern oder Straftaten zu begehen«, sagte Wegmann in die Kamera.

Glocke schnalzte mit der Zunge und stand auf. Wortlos verließ er den Konferenzraum. Er hatte genug gesehen. Kulmann verstand etwas von seinem Geschäft, so viel stand fest. Jeder wusste, dass die Mehrzahl der Straftaten der vergangenen Nacht von Rechtsextremen und nicht von Ausländern begangen worden waren, doch das spielte in der Welt der PfD keine Rolle. Fake News waren ihr Geschäft und einmal mehr erwies sich ihre Reichweite in den sozialen Netzwerken als echter Vorteil.

Sie drehten die Sachlage einfach so, dass es vor allem Ausländer waren, die den bundesweiten Schockzustand dazu ausnutzten, das Gesetz zu brechen, und stellten sich selbst als Hüter von Recht und Ordnung dar. Angesichts der Ereignisse des Vortags einen Appell an die Bundesregierung zu richten, entbehrte nicht eines gewissen Hohns, immerhin war ein Großteil der Regierungsmitglieder tot.

Doch Glocke gefiel das. Es war clever, zeigte Mumm und würde sein Ziel sicher erreichen. In der allgemeinen Aufregung verlangten die Menschen nach starken Führern und genau das würde ihnen die PfD liefern. Das Problem war nur, dass mit Marlies und Norbert die Falschen ihre Gesichter dafür hergaben.

Glocke zog sein Handy aus der Tasche und wählte Jans Nummer.

»Ja?«

»Hör zu, ihr müsst etwas für mich erledigen. So, wie die Dinge bei euch stehen, dürfte das aber kein Problem sein.«

»Ok, Chef, schieß los!«, sagte Jan.

»Ich möchte, dass ihr heute Nacht ein bisschen mehr Randale macht. Aber lasst es so aussehen, als seien es ein paar Schwarzköpfe, die für den Ärger sorgen. Meinetwegen schnappt euch ein paar von denen und inszeniert das Ganze. Für Geld machen die doch alles.«

»Kapiert«, sagte Jan. »Ich mag die Idee.«

»Und ich erst«, sagte Glocke und legte auf.

Berlin, 04. Oktober 2021

»Sind wir vollzählig?« Markus Langemann blickte sich unter seinen Redakteuren und Reportern aus DIE REDAKTION um. Tatsächlich waren alle da, selbst die aus den unwichtigen Ressorts. In Tagen wie diesen fühlte sich jeder seinem journalistischen Ethos verpflichtet.

»Ich weiß, wir sind alle müde und überarbeitet und viele von euch sind auch in Sorge um Familie und Freunde. Ich kann nur bekräftigen, wie wichtig unsere Aufgabe als Teil der Medien ist. Da draußen kursieren absurde Fake News, während die rechte Gewalt eskaliert. Also, was haben wir?«

Selim hob die Hand. »In der Polizeiwache Berlin Mitte gab es eine Auseinandersetzung mit Schusswaffen. Es ist noch unklar, um was es da ging, aber es heißt, es hätte da ein paar Rechte gegeben, die versucht hätten, das Ruder an sich zu reißen, und seien von ihren Kollegen aufgehalten worden.«

»Ok«, nickte Langemann. »Bist du da dran? Ich möchte nicht, dass sich einer von euch in Gefahr begibt, hört ihr? Was ich seit gestern alles gesehen habe, lässt mich um eure Sicherheit fürchten. Wir sind Journalisten, das ist klar, aber keiner muss sich in

Lebensgefahr begeben. Weiter?«

Die Tür öffnete sich und Langemanns Assistentin schob den Kopf rein. »Der bayerische Innenminister meldet sich gerade aus der Krisenkonferenz.«

Eugen schaltete den Fernseher ein.

»... ich halte es für unabwendbar, zur Wiederherstellung der öffentlichen Ordnung das Militär im Inneren einzusetzen. Das Grundgesetz eröffnet uns über Paragraf 81 des Grundgesetzes die Möglichkeit, auch ohne den Bundestag, mit der demokratischen Kraft des Bundesrates, eine entsprechende Verordnung durchzusetzen, um so die Sicherheit unserer Bürger wieder herzustellen. Wir können uns in der aktuellen Lage keine langwierigen Debatten im Parlament leisten, so sehr ich dieses als Herz der Demokratie auch schätze. Jede Stunde, die wir verstreichen lassen, könnte Menschenleben kosten und ich bin nicht bereit, das zu tolerieren. Die Unionsfraktion, namentlich die Stellvertreter der gestern Ermordeten, arbeiten bereits an einer entsprechenden Vorlage. Wir dürfen nicht zulassen, dass verfassungsfeindliche Kräfte die Not dieser Stunde ausnutzen und sich in Umsturzfantasien ergehen, die sie gewaltvoll auf unseren Straßen ausleben. Wir sind es den Sicherheitskräften in diesem Land schuldig, sie nicht allein damit zu lassen. Meine Gedanken sind bei den Angehörigen aller Opfer der rechten Gewalt der letzten Stunde und bei den Beamten, die da draußen auf den Straßen für unsere Sicherheit sorgen ...«

»Bla, bla, bla«, sagte Langemann und drehte mit der Fernbedienung, die stets vor ihm auf dem Tisch lag, den Ton leiser. Er stieß einen leisen Pfiff aus. »Das ist natürlich der feuchte Traum der Konservativen, das Militär im Inland einzusetzen. Die Linken werden durchdrehen.«

»Es ist ja auch der Albtraum der Linken«, sagte Niklas, ohne den Bleistift, auf dem er angestrengt herumkaute, aus dem Mund zu nehmen.

»Ich denke, der Innenminister hat recht. Wir müssen handeln, es kann nicht sein, dass rechte Schläger die Bürger terrorisieren. Da ist der Rechtsstaat gefragt, und wenn die Polizei das personell nicht geregelt bekommt, dann brauchen sie Unterstützung. Ich meine, come on, wir haben das Militär auch während Corona punktuell im Inland eingesetzt, also, diese Bastion ist längst gefallen und ich halte die Vorbehalte der politischen Linken gegen das Thema auch für vollkommen überholt. Immerhin leben wir nicht im Jahr 1933«, sagte Langemann.

»Noch nicht«, wisperte Kathrin leise.

Langemann warf ihr einen nachdenklichen Blick zu. »Ihr denkt doch nicht etwa wirklich, dass die Rechten mit ihren Tag-X-Fantasien tatsächlich erfolgreich sein könnten?«

Er blickte in angespannte Gesichter und sah verhaltenes Nicken. Er schlug mit der flachen Hand auf den Tisch, um sie wachzurütteln. »Was ist los mit euch? Lasst euch doch nicht von denen in das Bockshorn jagen, genau das wollen die doch, Angst und Schrecken verbreiten. Das hier ist Deutschland, die meisten Leute haben mit den rechten Idioten ein Problem. Sie werden sich das nicht gefallen lassen. Unsere Demokratie ist stark und unser Rechtsstaat auch, auch angesichts einer so historischen Tragödie wie der Bluttat von gestern.«

Die Redakteure schwiegen.

In diesem Moment öffnete sich die Tür erneut und Lukas kam mit seinem Laptop herein. »Dieser Glocke ist gerade mit einem Video live gegangen. Das solltet ihr euch ansehen.«

Er stellte den Laptop vor Langemann auf den Tisch und verband ihn mit dem Bildschirm hinter seinem Chef vom Dienst.

Glockes Gesicht war zu sehen, das Haar ordentlich gekämmt, der graue Anzug fusselfrei. Auf den ersten Blick sah er aus wie ein waschechter Konservativer aus der Mitte der Gesellschaft, doch dieser Eindruck verschwand, sobald man ihn sprechen hörte: »… wen der Rechtsstaat angesichts der eskalierenden Gewaltspirale im Stich lässt, der muss das Recht haben, Leib und Leben, Familie und Eigentum vor den marodierenden Horden krimineller Ausländer zu schützen, notfalls auch mit Gewalt. Wir müssen endlich einsehen, dass es in diesem Land inzwischen Subjekte gibt, die nur eine einzige Sprache verstehen und zwar die der Gewalt. Die Schwäche, die unser Land nicht erst seit gestern zeigt, ist fatal und kostet Menschenleben.«

»Dieses verdammte Schwein«, zischte Eugen.

»Von wegen kriminelle Ausländer! Die Rechten sind es, die überall Straftaten begehen! Die PfD schreckt auch wirklich vor nichts zurück, um sich die Realität so zu biegen, wie es ihnen eben nützt. Verdammte Demagogen!«

»Der Typ ist ein Brandstifter, der in so einer Situation noch Benzin in das Feuer gießt«, stimmte Langemann zu. »Also gut, darauf müssen wir reagieren. Wer berichtet darüber?«

Sabine hob zögernd die Hand.

»Ja, Sabine?«

»Ähm, nein, ich habe eigentlich nur eine Frage.«

»Ja?« Langemann runzelte ungeduldig die Stirn. Er hasste Zwischenfragen, das war allseits bekannt.

»Also, ich habe mir Gedanken darüber gemacht, ob es überhaupt gut ist, so viel darüber zu berichten. Ich meine, wir wissen doch inzwischen, wie das mit dem Tag X funktioniert. Die einzelnen rechten Gruppen müssen nicht miteinander in Verbindung stehen, um überall Ärger zu machen. Je mehr Zwischenfälle es gibt, umso mehr springen auf den Zug auf. Ich habe eben gesehen, dass sogar in Österreich und auch in Polen die rechten Straftaten seit gestern sprunghaft angestiegen sind. Das ist wie ein Domino-Effekt und es könnte sein, dass wir ihn mit unserer Berichterstattung noch beschleunigen.«

Langemann rückte seine Brille zurecht. »Interessanter Einwurf. Und was schlägst du vor? Sollen wir das Feld einfach den alternativen Medien und dem Netz überlassen? Damit die rechten

Rattenfänger ein noch leichteres Spiel haben?«
Erwartungsvoll blickte er Sabine an.

Diese verstummte und senkte den Blick.

»Also, wer schreibt was drüber? Die Leute da
draußen brauchen etwas, das sie beruhigt. Sie müssen
wissen, dass der Laden hier weiterläuft, auch wenn
die halbe Regierung in Plastiksäcken verschnürt
liegt, weil irgendein Irrer sie abgeballert hat. Habt
ihr nicht gehört, was der bayerische Innenminister
gesagt hat? Das hier ist ein historischer Moment.
Was wollt ihr später euren Enkeln erzählen? Dass
wir als Qualitätsblatt vor den Rechten den Schwanz
eingezogen haben?«

7. Kapitel

Berlin, 04. Oktober 2021

»Danke, dass ich bei dir unterkommen konnte«, sagte Lisa und streckte wohlig die Füße mit den nassgewordenen Wollsocken in Richtung Heizung aus. Im Laufe des Tages hatte es zu regnen begonnen und der Regen wurde stündlich stärker. »Ich habe im Moment echt ein bisschen Schiss, nach Hause zu gehen.«

Kathi blickte ihre Freundin verständnisvoll an. »Ist ja auch total krass, dass die dir aufgelauert haben.«

»Du hättest mal sehen sollen, was sie im Zentrum angestellt haben. Aber das Krasseste, das waren die Bullen. Die haben einfach nichts gemacht. Die waren froh, dass wir endlich mal richtig Probleme bekommen haben.«

»Vertrau niemals einem Bullen, das ist schon immer mein Credo«, sagte Kathi. »Ich meine, ein paar von denen in Uniform sehen schon heiß aus und so, aber ganz ehrlich, Bulle bleibt halt Bulle.« Verächtlich blies sie den Rauch ihrer selbstgedrehten Zigarette aus der Nase.

Lisa bewunderte Kathi heimlich. Erstens war Kathi älter, zweitens schon seit Ewigkeiten in der linken Szene unterwegs. Sie kannte einfach alles und jeden und wurde auf jede Party eingeladen. Das lag nicht nur daran, dass sie mit ihren Second-

Hand-Klamotten und ihren vielen Piercings einfach umwerfend aussah, nein, sie ging auch mehrmals die Woche »containern« und drehte Videos darüber, die eine große Reichweite hatten. Es war eine Schande, wie viel die Supermärkte wegwarfen, während andernorts die Leute nicht genug zu essen hatten. Noch dazu war das Containern, also das Entwenden der weggeworfenen Lebensmittel aus den Abfallcontainern, verboten, wer es trotzdem machte, war also so etwas wie ein antikapitalistischer Held. Heldin in Kathis Fall.

»Kommst du nachher mit auf die Demo? Ich habe gehört, dass mehrere zehntausend Leute kommen, zum Teil von überall her aus der Republik. Ich glaube, das ist das richtige Signal. Damit alle sehen, dass die Mehrheit eben nicht rechts ist.«

Lisa biss sich auf die Lippen. »Ich weiß nicht. Ich bin noch ziemlich mitgenommen von gestern. Ich glaube, ich packe das heute nicht.«

Kathi runzelte die Stirn, nickte aber dann. »Klar, verstehe ich. Hast ja auch eine Menge mitgemacht. Ruh dich einfach aus, ok? Im Kühlschrank ist noch vegane Lasagne und es kann sein, dass der Björn, mein Mitbewohner, später zurückkommt. Du wirst ihn mögen. Ist zwei Jahre mit dem Rucksack durch Australien und Neuseeland gereist. Nächstes Jahr geht es nach Südamerika.«

»Ok, klingt interessant«, sagte Lisa, ohne es wirklich so zu meinen. Sie war einfach zu erschöpft, um ausgedehnte Debatten über die Lage der Ureinwohner in Australien zu führen oder den antikapitalistischen Befreiungskampf im Allgemeinen. Alles, was sie wollte, war eine heiße Dusche und genügend Schlaf, damit das Rauschen in ihren Ohren verschwand. Sie hatte das Gefühl, binnen Stunden um Jahre gealtert zu sein.

»Vermutlich sollte ich auch mal meine Eltern anrufen«, sagte Lisa nachdenklich.

Kathi setzte sich zu ihr auf das Sofa und klappte ihren Laptop auf. »Mal gucken, was im Netz so los ist. Oh, schau mal, der Luckwald hat ein neues Video gepostet.«

Sie startete das Video. Max Luckwald war in seinem zerstörten Wohnzimmer zu sehen. »... wir müssen uns den Faschisten mit aller Macht entgegenstellen. Dies ist der Moment, vor dem wir schon seit vielen Jahren warnen. Die rechten Brandstifter legen überall Feuer, allen voran die Vertreter der PfD«, sagte Luckwald gerade. Ein Foto wurde eingeblendet, das in nicht sonderlich guter Auflösung einen Mann mit Hemd und Seitenscheitel zeigte.

»Das ist Jan Liebermann, Mitarbeiter von Bernd Glocke, einem Mitglied des radikalen Flügels der PfD. Wir müssen endlich einsehen, dass die PfD der parlamentarische Arm der gewaltbereiten rechten Szene ist und die aktuelle Lage für ihre Vorteile nutzt. Sie wollen den Umsturz, um ein nationalistisches Regime zu installieren. Das müssen wir mit aller Macht verhindern. Ihr alle da draußen seid aufgerufen, die Freiheit zu verteidigen und den

Faschisten nicht das Feld zu überlassen. Jetzt ist nicht die Zeit zu diskutieren, sondern zu handeln!« Luckwalds Stimme war hörbar aufgeregt, sie vibrierte regelrecht vor Anspannung.

»Ich finde, er hat recht«, bemerkte Lisa. »Darüber haben wir letzte Nacht endlos diskutiert. Wir müssen uns wehren, vor allem, wenn es sogar Rechte bei der Polizei gibt.«

»Mmh, kann sein«, sagte Kathi. »Weißt du, ich halte mich aus den Sachen meistens raus. Ist nix für mich.« Sie lächelte entschuldigend. »Ich glaube halt, dass man mit Gewalt nix erreicht.«

Lisa beugte sich über den Bildschirm. »Schau mal, wie viele Aufrufe und Likes das Video schon hat. Sieht aus, als wären ziemlich viele einer Meinung mit Luckwald.«

Sie scrollte weiter.

»Was ist das denn?«

Sie klickte ein weiteres Video an. Eine Kleinstadt war zu sehen, Geschäfte, verwinkelte Gassen, Klinkerbauten.

Ein Mann Anfang 20, kurze Haare und Brille, schaute in die Kamera. »Jetzt zeigen wir der Drecksbrut mal, wie sich echte deutsche Gastfreundschaft anfühlt«, sagte er und grinste hämisch. In seinen Augen lag eine Kälte, die Lisa frösteln ließ.

Das Video lief weiter. Der Mann war nicht alleine, Lisa machte etwa fünf weitere Personen aus, allesamt männlich.

Dann sah sie die Frau. Sie ging in etwa fünf Metern Entfernung von den Männern. Sie trug einen grauen Mantel, in der Hand Einkaufstüten. Die kunstvoll aufgetürmten Rastazöpfe verrieten, dass es sich um eine Schwarze handelte.

Als sie die Männer näherkommen hörte, drehte sie sich um und sah sie irritiert an.

Einer der Männer riss ihr die Einkaufstüte aus der Hand.

»Hey, was soll das?«, rief die Frau.

Die Faust des Brillenträgers traf ihr Gesicht wie aus dem Nichts. Ihr Gesicht flog zur Seite, sie stürzte und ging zu Boden.

»Du Drecksschlampe, geh zurück in dein Land!«, brüllte jemand aus dem Off.

Beine waren zu sehen, Schuhe, die Arme der Frau, die sie verzweifelt hochhielt, um ihr Gesicht zu schützen.

Die Tritte der Männer trafen sie unbarmherzig überall. Bei jedem dumpfen Aufprall der schweren Stiefel auf dem wehrlosen Körper der Frau zuckte Lisa zusammen. Jeder Muskel in ihrem Körper war angespannt.

Als die Männer endlich von der Frau abließen, blieb ihr Körper reglos und blutüberströmt liegen.

»Der haben wir es gezeigt. Die wünscht sich, dass sie den Scheißkongo nie verlassen hätte«, grölten die Männer. Das Video brach ab.

»Entsetzlich«, sagte Kathi und rieb sich über die Oberarme. »Ich meine, jetzt sind die so dreist, dass sie sogar noch livestreamen, was sie tun.«

»Wir müssen die Polizei rufen«, sagte Lisa und sprang auf, um ihr Handy zu holen.

»Wozu? Weißt du, wo sich die Frau befindet? Konntest du was erkennen? Da waren Passanten. Jemand wird ihr schon helfen.«

»Ihr hat niemand geholfen, hast du das nicht gesehen?« Lisas Stimme überschlug sich. »Die Frau ist schwer verletzt. Diese Kerle haben sie womöglich umgebracht.«

»Lisa, beruhige dich! Sie ist verletzt, ja, aber es ist heller Tag, jemand wird sich um sie kümmern. Siehst du jetzt, wie wichtig es ist, dass wir heute zu der Demo gehen? Die Leute müssen sehen, dass wir viel mehr sind als die Rechten. Wir dürfen ihnen die Straßen nicht überlassen.«

Verwundert sah Lisa Kathi an. »Ich dachte, du interessierst dich dafür nicht so.«

»Was? Denkst du, angesichts solcher Videos könnte ich ignorieren, was da draußen los ist? Ich sage ja nur, dass sich mit den Rechten zu prügeln nicht so mein Ding ist. Das heißt aber nicht, dass ich nicht finde, dass wir uns gegen sie wehren müssen.«

Lisa begann, nervös an ihren Fingernägeln herumzukauen.

»Wenn ich ehrlich bin, Kathi, dann habe ich eine Scheißangst. Was, wenn es heute Nacht noch schlimmer wird?«

Berlin, 04. Oktober 2021

»Mann, hier ist echt was los!«, brüllte Daniel über den Lärm der rund 30.000 Menschen hinweg, die sich zu der Demonstration im Berliner Stadtzentrum versammelt hatten. Der Regen hatte aufgehört, verstohlen ließ sich sogar die Sonne hin und wieder blicken und ihr Licht auf den Seifenblasen tanzen, die von den Demonstrierenden in die Himmel geblasen wurden.

Selten hatte Daniel eine so bunte und vielfältige Demonstration erlebt. Jung und Alt, Arm und Reich, Ost und West, alle waren gekommen, um gemeinsam ein Zeichen gegen die rechte Gewalt zu setzen und ihre Anteilnahme an der Ermordung der Regierungsmitglieder zu zeigen.

Viele Banner und Transparente waren zu sehen. LIEBER SOLIDARISCH ALS SOLIDE ARISCH hatte ein junger Mann auf ein schwarzes Banner geschrieben, zwei junge Frauen hielten ein Plakat mit der Aufschrift NIE WIEDER KRIEG NIE WIEDER FASCHISMUS hoch und eine Gruppe älterer Frauen hatte Fähnchen mit der Friedenstaube in der Hand.

Auch das Polizeiaufgebot war gewaltig. Die Polizisten wirkten müde und auch angespannt. Die Stimmung auf der Demonstration war zwar friedlich, doch die Angst vor Konflikten mit Rechten war groß.

»Wir sind so viele«, sagte Flipp und seine Augen glänzten dabei. »Ist es nicht toll? Ich kann die Liebe regelrecht spüren, die hier zwischen den Menschen ausgetauscht wird. Der Hass hat keine Chance!«

»Naja, angesichts der ganzen korrupten Bullen hier hält sich meine Euphorie in Grenzen«, sagte Dirk, dessen Laune nicht nur aufgrund der gestrigen Auseinandersetzung mit den Nazis im Keller war, sondern auch, weil er seinen Dealer nicht erreichen konnte und deshalb auf dem Trockenen saß.

»Na los, lasst uns mal schauen, ob wir weiter nach vorne kommen«, sagte Flipp.

Sie drängten sich durch die Menge nach vorne. Wummernde Bässe waren zu hören, dazu fröhliche Musik. Alle waren hier, um mit Lebensfreude, Solidarität und Mitgefühl zu zeigen, dass Deutschland eben nicht braun, sondern bunt und vielfältig war.

»Ich muss mal«, verkündete Dirk und bog in eine Seitenstraße ab.

Flipp rollte mit den Augen. »Aber beeil dich, Mann. Die Musik hier ist super. Ich habe keine Lust, mich wieder nach vorne durchquetschen zu müssen.«

»Ok, ok«, sagte Dirk, hob abwehrend die Hand und stellte sich vor eine Hauswand.

Der Demozug zog an ihnen vorbei. Flipp lehnte an der Hausecke und betrachtete die Menschen. Was gestern Abend vorgefallen war, hatte ihm eine Scheißangst eingejagt, aber jetzt, im sanften Sonnenschein des Herbstnachmittags, war all die Dunkelheit verschwunden. Vielleicht hatten die Ereignisse sogar etwas Gutes. Möglicherweise würden sie die Menschen in Deutschland wieder näher zusammenbringen. Er spürte diese Hoffnung ganz eindeutig und sie gab ihm Kraft.

»Hey, du Wichser!«

Flipp wirbelte herum und blickte direkt in das grinsende Gesicht eines feisten Glatzkopfs, der ihm ungefähr bis zur Schulter reichte. In der Hand hielt er einen Totschläger. Auch die rund ein Dutzend Männer hinter ihm waren bewaffnet, mit Baseballschlägern und Dachlatten. Zwei von ihnen hatten Dirk gepackt, der sich nach Kräften wehrte.

Flipp sah zu Daniel und begann zu schreien: »Hilfe! Polizei! Hilfe!«

Tatsächlich drehten zwei der ihnen nahestehenden Beamten die Köpfe, doch keiner von ihnen reagierte. Im Gegenteil, es sah fast so aus, als gefiele ihnen der Anblick, der sich ihnen in der kleinen Gasse bot. Irritiert beobachtete Flipp, wie die Polizisten zu feixen begannen. Die Trillerpfeifen, Musik und Megafon-Durchsagen um sie herum waren vermutlich einfach zu laut.

Flipp konnte nicht mit Bestimmtheit sagen, ob es sich bei den Rechten um die gleichen Männer handelte wie die, die sie in der Nacht heimgesucht hatten, auch wenn ihm einige der Gesichter bekannt vorkamen.

Ein Handgemenge entstand. Einige vorbeilaufende Demonstranten wurden aufmerksam und kamen dazu. Fäuste flogen, Dachlatten trafen Köpfe, Baseballschläger Arme und Knie. Die Polizisten sahen noch immer tatenlos zu.

Flipp versuchte, Dirk zu helfen, doch die beiden Männer, die Dirk festhielten, waren größer und auch stärker als er.

»Lasst ihn los!«, brüllte Flipp und hob drohend die Fäuste, während er sich verzweifelt nach einem Gegenstand umsah, den er als Waffe benutzen konnte.

Einer der Männer holte aus und rammte Dirk seine Faust in den Magen. Dirk klappte zusammen wie ein Taschenmesser und ging zu Boden.

Das war zu viel für Flipp. Mit bloßen Fäusten stürzte er sich auf die Angreifer. Dann ging alles sehr schnell. Er spürte dumpfe Schläge gegen seinen Kiefer und in seine Rippen, dann traf ihn ein Schlag am Kopf und er wurde bewusstlos. Als er wieder zu sich kam, blickte er in Daniels Gesicht.

»Los, Flipp, wir müssen hier weg!«, rief Daniel und zerrte an Flipp, um ihn zum Aufstehen zu bewegen.

Benommen rappelte Flipp sich auf.

Von der friedlichen Demonstration war nichts mehr übrig. Aus den Seitenstraßen quollen immer mehr mit Schlagstöcken und Ähnlichem bewaffnete Männer, die ihre martialischen Tätowierungen zur Schau trugen. Sie prügelten wahllos auf Menschen ein. Die umstehenden Polizisten machten keinerlei Anstalten, sie aufzuhalten, im Gegenteil. Flipp beobachtete, wie zwei Polizisten gemeinsam mit einem Rechten auf einen jungen Mann mit Dreadlocks einprügelten.

Flipp sah in das blutverschmierte Gesicht einer

Frau, die ihr Baby im Tragetuch um die Brust trug. Die Panik in ihren Augen entsetzte ihn.

»Die mischen uns richtig auf!«, brüllte Daniel. »Los, lass uns abhauen!«

Endlich kam Flipp auf die Füße. Er sah sich nach Dirk um, der aus der Nase blutete. Zu dritt rannten sie aus der Seitenstraße hinaus und tauchten in die Menge der Demonstrierenden ein, in die die Rechten einbrachen wie der Wolf in die Schafherde. Die Schreie gellten ihnen in den Ohren.

Berlin, 04. Oktober 2021

Nervös schritt Sabine vor den Aufzügen in den Redaktionsräumen auf und ab und lauschte auf das Freizeichen. Farid meldete sich mit verschlafener Stimme.

»Habe ich dich geweckt?«, fragte Sabine. Draußen setzte gerade die Dämmerung ein.

»Hey, mein Schatz! Nein, ich hänge die ganze Zeit vor dem Fernseher. Keine Ahnung, warum, ich versuche noch immer, das alles irgendwie zu kapieren.«

»Ja, das geht mir ähnlich. Wie geht es den Kindern?«

»Gut. Leon und Merle sind auf ihren Zimmern, Mia spielt im Garten. Wir haben Gemüse-Spaghetti zu Mittag gegessen«, sagte Farid.

Sabine lächelte kurz. Sie wusste, dass ihr Mann versuchte, ihr so viel Normalität wie möglich vorzuspielen, damit sie sich keine Sorgen machte. Obwohl der Versuch kläglich misslang, fand sie es liebenswert, dass er sich solche Mühe gab.

»Hol sie bitte rein, wenn es dunkel wird. Ist der Streifenwagen schon da?«

Farid stand mit dem Handy in der Hand auf und ging zum Fenster. »Nein, nichts zu sehen«, sagte er. »Aber die kommen sicher noch. Fängt ja gerade erst an zu dämmern.«

»Schatz, ich mache mir wirklich Sorgen. Hier in Berlin ist der Teufel los. Die Rechten haben versucht, eine Gegendemo zu organisieren, dann kam es zu Ausschreitungen. Es heißt, die Polizei hätte tatenlos zugesehen und sei teilweise sogar auch auf die Demonstranten losgegangen. Der ganze Innenstadtverkehr ist lahmgelegt. Ich habe keine Ahnung, wann ich es nach Hause schaffe.«

»Warum bleibst du heute Nacht nicht in der Stadt? Nimm dir ein Hotelzimmer. Die Kinder und ich sind gut versorgt«, sagte Farid.

»Und euch schon wieder im Stich lassen? Auf keinen Fall!« Sabine klang aufgeregt.

»Du lässt uns doch nicht im Stich. Du arbeitest! Ich möchte nicht, dass dir was passiert. Außerdem bist du doch sicher todmüde nach der schlaflosen Nacht.«

Sabine schniefte.

»Was ist los mit dir?«, fragte Farid alarmiert.

»Ich mache mir einfach Sorgen, Farid. Bitte, verschließ alle Türen und Fenster, lass die Rollläden runter und keiner von euch verlässt das Haus. Ich habe keine Ahnung, was hier heute möglicherweise noch abgeht. Es gibt einige Hetzvideos im Netz, die die Leute regelrecht dazu aufrufen, Gewalttaten zu begehen. Dieser Tag X wird irgendwie immer realer.«

»Das ist eine Massenhysterie«, versuchte Farid erneut, sie zu beruhigen. »Lass dich davon nicht anstecken!«

»Farid, wie kannst du nur so blind sein? Seit fast 24 Stunden überziehen Rechte unser Land mit Terror und du redest immer noch davon, dass der Rechtsstaat geschützt sei! Im Moment gibt es noch nicht einmal jemanden, der die dringend notwendigen Entscheidungen trifft! Hast du nicht gehört, was in Flensburg passiert ist?«

»Nein, was denn?«

»Da sind Teile der dort stationierten Bundeswehrtruppen zu den Rechten übergelaufen. Sie haben Videos mit Reichswehrflaggen gepostet und erklärt, dass sie nicht mehr länger der Bundesregierung dienen.«

»Das sind doch nur Spinner«, seufzte Farid. »Wer nimmt das schon ernst?«

»Na, zum Beispiel Frankreich. Dort hat man gerade Grenzkontrollen nach Deutschland eingerichtet und überlegt, sie zu verschärfen. Unser Land versinkt im Chaos!«

»Die werden heute in Berlin schon eine Lösung finden«, sagte Farid.

»Farid? Bitte nimm Leons Baseballschläger und

stell ihn neben die Tür. Nur für alle Fälle«, bat Sabine.

Farid keuchte. »Ich soll mich bewaffnen? Drehst du jetzt durch? Uns geht es gut, draußen wird die ganze Nacht ein Streifenwagen stehen. Wir sind hier nicht in einem rechtsfreien Kriegsgebiet.«

»Wer weiß«, sagte Sabine. »Ich rufe wieder an, ok?«

Mit diesen Worten verabschiedeten sich. Im Fernsehen sagte eine Sprecherin, dass es gleich eine gemeinsame Pressekonferenz von den Vorsitzenden von CDU und SPD geben würde.

Farid schaltete den Fernseher wieder lauter.

Die CDU-Vorsitzende, ganz in Schwarz gekleidet, trat vor die Kameras.

»Die heutige Sitzung des Krisenstabs ist überschattet von der Trauer über die gestrigen Ereignisse«, las sie von den Notizen vor ihr auf dem Pult ab. »Nie zuvor hat es in der Geschichte Deutschlands ein vergleichbares Ereignis gegeben. Wir trauern mit den Angehörigen und unsere Gedanken sind bei den Opfern. Gleichwohl müssen die Regierungsgeschäfte in Deutschland weitergeführt werden, und zwar so, dass sie sowohl dem Gesetz als auch dem Wählerwillen entsprechen.

Das Thema Neuwahlen wurde heute intensiv besprochen, ohne zu einem allgemeingültigen Ergebnis zu kommen. Wir werden das Thema in der nächsten Sitzung des Bundestags besprechen.

Mit Sorge beobachten wir den Anstieg rechtsextremer Gewalt und die menschenverachtenden

Taten so vieler Nachahmer. Gleichzeitig nehmen wir auch die vielen Bekundungen von Solidarität und Anteilnahme nicht nur in Deutschland, sondern auch weltweit zur Kenntnis. Wir haben keinen Zweifel daran, dass die Demokratie in Deutschland stark genug ist, um auch diese Krise zu überwinden, wenn wir uns an den Zusammenhalt erinnern, der uns bereits durch das letzte Jahr und die Corona-Pandemie getragen hat ...«

Farid seufzte. »Das hört sich an wie das typische Blabla«, sagte er zu sich selbst. Solche Allgemeinplätze waren nur wenig geeignet, die Menschen zu beruhigen.

»... Wir sind schockiert und betroffen über die vielen Gewalttaten, die sich gestern Nacht und auch heute im Laufe des Tages zugetragen haben, so auch die Übergriffe am Rand der Solidaritätsdemonstration heute in Berlin. Angesichts der Belastung für unsere Sicherheitsbehörden und um die allgemeine Lage zu beruhigen, appellieren wir an die Bevölkerung, in den nächsten Tagen auf Demonstrationen dieser Art und auch Gedenkgottesdienste zu verzichten. Wir verstehen, dass das Bedürfnis, gemeinsam zu trauern, sehr groß ist, doch wir dürfen die Sicherheit nicht außer Acht lassen. Nach derzeitigen Erkenntnissen handelte Peter Dombrak, der Täter von Berlin, zwar allein, doch sein Bekennerschreiben hat in gewissen Kreisen eine entsprechende Wirkung entfaltet und mit den Konsequenzen sind wir nun konfrontiert. Die Vertreter der Sicherheitsbehörden versichern uns allerdings, dass die Lage unter Kontrolle ist und die Bürger nichts zu befürchten haben. Aktuell halten wir den Einsatz des Militärs im Inneren nicht für notwendig, für die Zukunft aber nicht für ausgeschlossen.«

Farid runzelte die Stirn. Auf dem privaten Nachrichtensender wurde ein Band eingeblendet. Darauf stand zu lesen: SICHERHEITSEXPERTEN WARNEN: SITUATION VIELERORTS AUSSER KONTROLLE.

Sein Handy klingelte. Er nahm an, dass es Sabine war, die noch etwas vergessen hatte, doch zu seiner Verwunderung war es Mohammed, der ihm eine Sprachnachricht geschickt hatte. Farid spielte die Nachricht ab.

»Farid, ich bin es, Mohammed«, war Mohammeds verängstigte Stimme zu hören. »Sie sind hier! Die Rechten sind gekommen! Sie schlagen alles kurz und klein!« Schreie waren zu hören, außerdem ein Krachen und Bersten, als zertrümmere jemand Möbel.

Hastig wählte Farid Mohammeds Nummer. Das Freizeichen ertönte, aber niemand hob ab.

Farid sprang auf und lief zum Fenster. Unbewusst suchte sein Blick nach Mia. Er entdeckte sie in der Nähe des Gartenzauns, dort, wo im Sommer die wilden Erdbeeren wuchsen.

Sein Herz setzte einige Schläge aus, als er sah, wer jenseits des Zauns stand und Mia beim Spielen beobachtete.

Es waren die gleichen Männer wie gestern Nacht, dessen war er sich sicher, auch wenn ihre Gesichter vermummt waren.

Farid hämmerte gegen die Scheibe, aber Mia hörte ihn nicht. Er ließ das Handy fallen und stürmte zur Terrassentür. Nur auf Socken rannte er nach draußen durch das nasse Gras.

»Mia! Komm sofort zu mir!«, rief er.

Mia drehte sich zu ihm um. Er las Angst auf ihrem Gesicht, aber auch Unverständnis. Sie schien nicht zu begreifen, was vor sich ging.

Weil sie die Augen abgewendet hatte, sah sie den Stein nicht, der über den Gartenzaun flog und sie am Hinterkopf traf. Farid sah, wie sie die Augen verdrehte und hinfiel.

»Ihr Schweine!«, brüllte Farid. »Verpisst euch!«

Einer der Männer hob die Hand und zeigte mit zwei Fingern das Victory-Zeichen. »Verpiss du dich, du Scheißaraber!«, rief eine dumpfe Stimme. »Und nimm deine Mischlingsbrut gleich mit. Bald ist Rassenschande wieder ein Verbrechen! Dann stehen solche wie du an der Wand!«

Farid war außer sich. Die Wut vernebelte seinen Verstand. Am liebsten hätte er sich auf die Männer gestürzt und so viele wie möglich mit bloßen Händen getötet.

Doch zuerst musste er sich um Mia kümmern. Er ging neben ihr auf die Knie und nahm ihr kleines Gesicht in die Hände. Ihre Augen waren geschlossen, doch zu seiner Erleichterung atmete sie. Ihre Lider flackerten.

An ihrem Hinterkopf fühlte er klebriges Blut.

Potsdam, 04. Oktober 2021

Mit der Dämmerung kehrte auch der Nieselregen zurück. Brandenburgs Ministerpräsident trat gegen 18:30 Uhr vor die Kameras vor der Staatskanzlei in Potsdam. Angesichts der vielen rechten Gewalttaten in seinem Bundesland sah er sich genötigt, ein entsprechendes Statement abzugeben. Die Kameras und Mikrofone zahlreicher Sender, auch der privaten, richteten sich auf ihn.

»Ich verurteile die Gewalttaten der letzten 24 Stunden auf das Schärfste und ich betone in aller Deutlichkeit, dass die Menschen, die bereit sind, solche Straftaten zu begehen, nicht für die Mehrheit der Bevölkerung in Brandenburg stehen ...«

Laute Stimmen waren zu hören. Der Ministerpräsident brach ab, blinzelte und sah sich irritiert um. Noch konnte er nicht sehen, wo der Ursprung des Lärms lag, also sprach er weiter.

»Ich appelliere in aller Deutlichkeit an die Bürgerinnen und Bürger ...«

Die Schläger rannten seine Sicherheitsleute vor laufender Kamera einfach nieder. Sie hatten sich nicht die Mühe gemacht, ihre Gesichter zu vermummen, sondern trugen T-Shirts, Jeans, auffällig viele Tattoos, teilweise Glatze. Es waren etwa zwei Dutzend Männer, die nicht nur auf den Ministerpräsidenten, sondern auch auf die Medienvertreter losgingen.

»Volksverräter!«, hörte man eine Frau kreischen.

Eine andere rief: »Jetzt kriegt ihr Dreckspack endlich, was ihr verdient!«

Der Ministerpräsident wurde von einem Fausthieb mit Schlagringen niedergestreckt. Blut schoss aus seiner Nase. Seine Assistentin riss einer der Männer an den Haaren und schleuderte sie gegen den schwarzen Metallzaun vor der Staatskanzlei.

Die rechten Schläger gingen nicht zimperlich vor. Die Kamera der ARD lief bis zum Schluss weiter und übertrug den Übergriff landesweit.

Rund fünf Minuten vergingen, bis das Sicherheitspersonal der Staatskanzlei gemeinsam mit den zur Bewachung abgestellten und herbeigerufenen Polizisten die Situation wieder unter Kontrolle bringen konnte. Etwa zwei Dutzend gewaltbereiter Rechte, darunter auch drei Frauen, wurden festgenommen.

»Sollen wir abbrechen?«, fragte der ARD-Reporter den Ministerpräsidenten, der heftig aus der Nase blutete. Die Pressesprecherin des Ministerpräsidenten sah ramponiert aus, das Haar zerzaust, das Make-up verschmiert und die Wangen von den Schlägen gerötet.

»Nein«, sagte der Ministerpräsident entschieden. Er zog ein Taschentuch aus der Jacke und sagte: »Das ist es doch, was die wollen, dass wir uns nicht mehr vor die Kameras trauen. Aber so leicht lasse ich mich nicht einschüchtern. Wir machen weiter!«

Er bückte sich, hob seinen Notizzettel auf, dann richtete er sich auf und sah mit festem Blick in die Kameras.

»Es mag sein, dass es in diesem Land Menschen gibt, die unsere Trauer auszunutzen, um ihren braunen Terror zu verbreiten, doch wir lassen ihnen keine Chance. Die deutsche Bevölkerung und die deutschen Sicherheitskräfte sind stark und die rechte Brut hat keine Chance!«

Wiesbaden, 04. Oktober 2021

Nicole Harrmann, seit vier Jahren Reporterin beim Hessischen Rundfunk, positionierte sich vor dem Gebäude des Hessischen Landtags. Ihr Kollege Nils Bohr richtete gerade die Kamera auf sie.

»Läuft?«

»Läuft!«

»Der Hessische Landtag kommt heute angesichts der aktuellen Ereignisse zu einer Krisensitzung zusammen. Der Ministerpräsident hatte bereits in einer Ansprache davon gesprochen, dass die Sicherheit der Bürger und die Aufrechterhaltung der politischen Geschäfte oberste Priorität habe …«, sagte Nicole Harrmann in die Kamera.

Nicole unterbrach ihre Ansage und lauschte dem Knopf in ihrem Ohr.

»Ok, Nils, ich höre gerade, dass wir eine Live-Schalte machen sollen. Die Hessenschau will sich live mit uns verbinden. Sind wir bereit?«, sagte sie.

Nils fummelte an seiner Kamera herum.

Nicole hörte die Stimme des Moderators in ihrem Ohr.

»... Nicole, über was genau diskutiert der Krisenstab im Hessischen Landtag denn heute?«

Nicole kniff die Augen zusammen. »Die aktuelle Sicherheitslage verunsichert viele Menschen, auch in Hessen. Aus diesem Grund werden heute Maßnahmen besprochen, um die Sicherheit in Hessen heraufzusetzen. Eine mögliche Maßnahme wäre etwa eine Ausgangssperre ab 20 Uhr oder ein Versammlungsverbot in der Öffentlichkeit, wie im Vorfeld bekannt wurde.«

Plötzlich nahm sie eine Bewegung im Augenwinkel wahr. Sie drehte den Kopf und sah eine Gruppe von rund zwei Dutzend vermummter Gestalten direkt auf sich zuhalten. Einige von ihnen hielten Holzlatten in der Hand, einer von ihnen feuerte mit einer Gaspistole in den Himmel.

»Mario?«, fragte sie in die Kamera, während sie an ihrem Knopf im Ohr herumfummelte. »Hier passiert gerade irgendetwas. Eine Gruppe Maskierter hält direkt auf den Landtag zu.«

Im Hintergrund sah man, wie der hessische Innenminister den Landtag betrat, gefolgt von einigen weiteren Abgeordneten.

»Volksverräter!«, brüllte eine Stimme.

In diesem Augenblick setzten sich die zwei Dutzend Männer in Bewegung und hielten direkt auf den Eingang des Parlaments zu.

Nicole gelang es, ihnen in letzter Sekunde auszuweichen. Nils, der mit dem Rücken zu den Angreifern stand und außerdem die schwere Kamera auf den Schultern hatte, war nicht ganz so schnell und wurde von einem Schlag mit einer Holzlatte auf den Rücken getroffen. Die Kamera rutschte ihm aus der Hand und fiel auf den Boden, wo sie zerbrach. Die Live-Übertragung wurde unterbrochen, die Zuschauer des Hessischen Rundfunks sahen nur noch ein schwarzes Bild.

Nicole stieß einen halblauten Schrei aus.

»Nicole? Nicole, was ist da los?«, gellte ihr die Stimme des Moderators im Ohr.

»Weg hier!«, brüllte Nils, packte Nicole an der Hand und begann, sie hinter sich her zu zerren.

Der Mob wurde immer größer. Rund 50 vermummte und auch bewaffnete Männer stürmten in die Eingangshalle des Landtags, wo sie auf nur wenig Gegenwehr durch das Sicherheitspersonal trafen.

Fenster zerbrachen klirrend, Schreie waren zu hören, als sich der Mob seinen Weg in das Gebäude bahnte und dabei auf alles einprügelte, was ihm im Weg stand.

Fassungslos beobachteten Nicole und Nils, wie der Mob sich in den Vorraum des Gebäudes ergoss und dann vereinzelt Übergriffe auf die Abgeordneten und das Kabinett stattfanden, die sich häufig nur durch Flucht in Sicherheit bringen konnten.

»Nicole, kannst du mir sagen, was da gerade

los ist?« Die Verbindung in das Studio stand noch immer.

Nicole angelte nach dem Mikrofon, das die Attacke unbeschadet überstanden hatte, und sagte mit zitternder Stimme: »Mario, wir erleben gerade, wie Unbekannte gewaltsam das Parlamentsgebäude stürmen und dabei gewalttätig vorgehen. Unsere Kamera wurde zerstört, ebenso wie einige Fenster. Die Attentäter befinden sich bereits im Gebäude und verüben dort Übergriffe auf die Mitglieder des Landtags.«

Sie blickte zu der Tür, aus der gerade der hessische Innenminister mit einer blutenden Platzwunde am Kopf gelaufen kam, gefolgt von weiteren Mitgliedern des Parlaments, die in Panik die Flucht ergriffen.

»Die Lage hier ist unübersichtlich«, sagte Nicole.

In der Ferne waren Sirenen zu hören, wie sie mit Erleichterung feststellte. Sie wandte den Kopf, um den sich nähernden Polizisten entgegenzublicken.

»Die kriegen die Lage hier bestimmt wieder unter Kontrolle«, murmelte sie, mehr zu sich selbst.

Doch zu ihrer Überraschung war das Gegenteil der Fall. Rund fünf Streifenwagen fuhren vor. Uniformierte und bewaffnete Polizisten stiegen aus, doch anstatt den eindringenden Mob zu vertreiben, unterstützten diese das Vordringen der Vandalen tatkräftig.

Ungläubig beobachtete Nicole, wie ein Uniformierter einen Abgeordneten mit seinem Schlagstock niederknüppelte. Tränengaswolken waberten über den Platz und der Tumult ging endgültig in Chaos über.

Ein Polizist mit Panzerung und Helm baute sich vor Nicole und Nils auf.

»Bitte verlassen Sie den Platz«, forderte er sie auf.

Nicole begann zu husten, das Tränengas brannte in den Augen.

»Wir sind vom Hessischen Rundfunk«, erklärte Nils. »Wir machen Berichterstattung vor Ort. Unsere Kamera wurde ...«

»Ich fordere Sie noch einmal auf, umgehend den Platz zu verlassen, andernfalls helfen wir nach«, sagte der Polizist. Etwas in seiner Stimme ließ Nicole aufhorchen. Sie hob den Blick und sah ihm in das Gesicht.

Ein hämisches Grinsen lag auf den Zügen des Beamten.

»Wir haben ein Recht, hier zu sein«, erklärte Nils kämpferisch. »Wir gehören zur Presse.«

Es geschah ganz langsam. Der Polizist griff nach seinem Schlagstock, holte aus und schlug Nils so fest gegen die Stirn, dass dieser zu Boden ging wie ein gefällter Baum.

Nicole schrie auf. Sie stürzte zu Nils und versuchte, ihm aufzuhelfen, doch er hatte das Bewusstsein verloren.

»Verschwindet hier, ihr Dreckspack«, sagte der Polizist verächtlich. »Ihr habt hier nicht länger was zu sagen.«

Mit diesen Worten drehte er sich um und stapfte

auf das Parlamentsgebäude zu, aus dessen Fenstern inzwischen Rauch und Flammen schlugen.

Brandenburg, 04. Oktober 2021

»Papa? Papa! Was machst du da?«, fragte Leon verwundert, der seinen Vater dabei beobachtete, wie er mit Brettern die Fenster von innen vernagelte. Glücklicherweise hatte Farid diese Bretter vom Renovieren noch im Keller gefunden.

»Ach, nichts, mein Sohn. Ich gehe nur auf Nummer sicher. Es sind verrückte Zeiten gerade.«

Leon setzte sich auf die Treppe und sah seinen Vater aufmerksam an. »Es ist wegen diesen Typen, nicht wahr? Die, die unser Auto angezündet haben und das auf unsere Garage geschmiert haben.«

Farid schloss für einen Moment die Augen. Dann legte er den Hammer weg und ging zu Leon und setzte sich neben ihn.

»Es tut mir sehr leid, dass du das mitbekommen hast«, sagte er.

»Wen meinen die denn damit? Ich meine, meinen die uns damit? Weil du nicht in Deutschland geboren bist? Weil wir deine Kinder sind?«

Farid presste die Lippen zusammen. »Ja, ich nehme an, das meinen sie. Weißt du, das sind dumme Menschen. Sie haben Angst vor dem Leben und diese Angst übertragen sie dann auf andere. Und aus Angst wird Hass. Sie fürchten sich vor allem, das anders ist als sie selbst und das sie nicht sofort verstehen.«

Leon sah seinen Vater an. »Aber du bist doch gar nicht anders als andere Väter. Ich meine, du spielst Fußball, du gehst arbeiten, du trägst eine Brille beim Autofahren ...«

Farid lächelte und umarmte seinen Sohn. »Ja, vermutlich bin ich in den letzten Jahren sehr viel deutscher geworden, als mir bewusst ist. Aber mir gefällt das. Weißt du, ich habe mich bewusst dazu entschieden, in Deutschland zu bleiben, weil ich mich in eure Mama verliebt habe. Ich bin sehr glücklich hier und die meisten Menschen sind sehr freundlich. Ich mag an Deutschland, dass hier alles so ordentlich ist und die Menschen sich meistens gut benehmen ...«

»Meistens«, murmelte Leon. »Und jetzt verrammelst du die Fenster.«

Farid seufzte. »Es ist nur eine Vorsichtsmaßnahme. Weißt du, deine Mutter macht sich große Sorgen und ich will sie nicht noch weiter beunruhigen. So ist es besser. Du wirst sehen, bald ist der ganze Spuk vorbei und unser Leben geht ganz normal weiter. Und alle, die sich seit gestern nicht gut benommen haben, werden im Gefängnis sitzen. So läuft das nämlich hier.« Er streichelte seinem Sohn über den Kopf und lächelte ihn aufmunternd an.

»Du hast Mama nicht gesagt, was mit Mia passiert ist«, sagte Leon traurig.

»Das werde ich noch. Aber nicht am Telefon. Mama hat es gerade nicht leicht. In der Redaktion ist viel los, weil die Menschen in Zeiten wie diesen die Zeitung brauchen, um sich zu informieren. Da müssen wir alle Mama unterstützen. Ich bin ja hier bei euch und passe auf euch auf. Na los, geh dir die Zähne putzen. Ist langsam Zeit fürs Bett. Morgen ist wieder Schule.«

Leon stand auf und ging nach oben.

Farid blieb am Treppenabsatz stehen und sah ihm nach. Er hoffte, es war ihm gelungen, seinen Sohn über seine eigene Angst hinwegzutäuschen.

Nach dem Angriff auf Mia hatte er über eine Stunde versucht, den Notruf zu erreichen. Niemand hatte abgenommen.

Dresden, 04. Oktober 2021

Der Duft von Roibusch-Tee lag in der Luft. Annekathrin Winkler trug das Abendessen auf: Schwarzbrot, Butter und der leckere getrocknete Schinken, den ihr Mann so gerne aß.

Ulf Winkler war 55 Jahre alt und seit zehn Jahren Richter am Landgericht Dresden. Er liebte seinen Beruf, auch wenn ihm einige seiner Urteile den Ruf eines »Richters Gnadenlos« eingebracht hatten.

In der Vergangenheit hatte er mehrfach einschlägig bekannte Neonazis für das Tragen verfassungsfeindlicher Symbole verurteilt, darunter auch zwei, die eindeutige Nazi-Tattoos trugen.

In Sachsen sah man das nicht gerne, aber Richter Winkler hatte genug davon, dass alle immer auf seine Heimat herabblickten und unterstellten, dass hier ohnehin alle rechts seien.

»Kommst du zum Essen?«, rief Annekathrin in Richtung ihres Mannes. Sie ging in den Flur und rief nach oben.

»Lena, Sebastian, kommt ihr auch? Abendessen ist fertig!«

Türen gingen auf, Schritte stolperten die Treppen hinunter.

Die beiden fast erwachsenen Kinder der Winklers setzten sich an den Tisch im Esszimmer, den Annekathrin liebevoll eingedeckt hatte.

Obwohl Lena und Sebastian beide bereits studierten, lebten sie noch zu Hause, wofür Annekathrin sehr dankbar war. Die Aussicht auf eine Zeit, in der ihre Kinder sie nicht mehr brauchten und möglicherweise weit weg lebten, erschien ihr schrecklich.

Ulf Winkler kam aus seinem Arbeitszimmer. Wie immer, wenn er zu Hause arbeitete, trug er Hausschuhe und eine Strickjacke. Nach dem Abendessen würde er sich in den Wintergarten zurückziehen, um sich eine Pfeife zu stopfen und diese dann genüsslich zu rauchen, ein Laster, das ihm Annekathrin in den fast 30 Jahren ihrer Ehe nicht hatte abgewöhnen können.

»Und, Sebastian, wie läuft der Semesterstart? Hast du schon die Themen für deine Hausarbeiten?«, erkundigte sich Ulf Winkler, während er sich an den Tisch setzte und seine Serviette auseinanderfaltete. Bei Familie Winkler war es ein ungeschriebenes Gesetz, dass bei Tisch keine Probleme diskutiert wurden, weshalb man es vermied, über die aktuellen Ereignisse zu sprechen.

Sein Sohn Sebastian studierte Jura, Lena hingegen hatte sich auf Betriebswirtschaft verlegt. Es freute Ulf Winkler ungemein, dass seine Kinder bereit waren, so handfeste Berufe zu ergreifen und hart dafür zu arbeiten. Genauso hatte er einst den Grundstein seiner Karriere gelegt.

Annekathrin biss gerade in ihr Stück Schwarzbrot mit Edamer, als sie von draußen ein Geräusch hörte. Es klang, als kratzte jemand oder etwas an dem Fenster.

»Habt ihr das gehört?«, fragte sie und hielt inne.

Die anderen schüttelten den Kopf und aßen weiter.

Sebastian war gerade in eine intensive Diskussion mit seinem Vater über den Einfluss des Römischen Rechts auf die Gesetzgebung der Gegenwart verwickelt, als plötzlich die Eingangstür aufflog.

Sie waren zu dritt. Sie kamen nicht mit Totschlägern, Bierflaschen oder Schlagringen. Zu »Richter Gnadenlos« kamen sie mit Schusswaffen.

Der erste Schuss traf Ulf Winkler mitten in die Stirn. Er stürzte zu Boden wie ein gefällter Baum.

Annekathrin Winkler schrie mit weit aufgerissenem Mund, als der Schuss sie in die Brust traf und sie für immer verstummen ließ.

Sebastian war aufgesprungen, unschlüssig, ob er fliehen oder auf die Täter losgehen sollte, als ihn der erste Schuss in den Unterleib, der zweite in den Hals traf. Er lebte noch einige qualvolle Minuten, bis er an seinen Verletzungen starb.

Lena versuchte, die Treppe hinauf zu flüchten, als ihr Mörder seine Waffe auf sie richtete und sie von hinten erschoss. Ihr Blut tropfte von den Treppenstufen bis in den Keller.

Nach nur fünf Minuten waren die Täter wieder in der Dunkelheit verschwunden. Die Aufnahmen der Überwachungskameras zeigten weder ihre Gesichter noch andere Erkennungsmerkmale.

Köln, 04. Oktober 2021

»Wir berichten heute live aus Berlin, wo einen Tag nach den Attentaten der Schock noch immer tief sitzt«, sagte Marco Gianini gerade in die Kamera. Das Studio des privaten Senders HT1 befand sich in Köln-Mülheim. Üblicherweise liefen auf dem Sender Sitcoms oder Game Shows, doch anlässlich der jüngsten Ereignisse hatte man sich entschieden, rund um die Uhr Nachrichten im Zusammenhang mit den jüngsten Attentaten zu senden.

»Beunruhigend sind vor allem die Meldungen über rechte Gewalttaten in anderen Städten. Fast minütlich erreichen uns Informationen über Übergriffe durch Rechte. Für Verunsicherung sorgen vor allem Berichte, nach denen die Gewalttäter teilweise von Polizei und Bundeswehr Unterstützung erfahren. In München sollen nach unbestätigten Berichten Vermummte mit Hilfe der Polizei das

Rathaus gestürmt und sowohl den Sitzungssaal als auch die Büros der Stadtverordneten verwüstet haben. Noch wissen wir nicht, wie viel an Berichten wie diesen dran ist, doch wir halten Sie ...« Marco Gianini brach mitten im Satz ab.

Durch den Studioeingang drängte sich rund ein Dutzend Uniformierter, die Schlagstöcke angriffsbereit in der Hand.

»Schluss mit der Übertragung«, blaffte einer von ihnen, und um seinen Worten Nachdruck zu verleihen, schlug er mit seinem Schlagstock gegen die Kamera.

Marco stand auf. »Was hat das ...?«, fragte er verblüfft.

»Schnauze und hinsetzen, du dreckiger Kanacke«, beschied ihm einer der Polizisten.

»Was ...?«

Der Polizist versetzte Marco einen derben Stoß gegen die Brust, der ihn zurück auf seinen Stuhl sacken ließ.

»Keine Live-Übertragungen mehr, keine Nachrichten«, erklärte der Polizist.

»Hat das etwas mit der Sicherheitslage zu tun?«, fragte Marco. »Fürchten Sie, dass es ...«

»Du sollst das Maul halten, kapierst du das nicht? Wir bestimmen jetzt die Sicherheitslage«, beschied ihm ein anderer Beamter.

Marco starrte von einem der Beamten zum anderen. Es dauerte eine Weile, bis ihm klar wurde, was hier vor sich ging. Es handelte sich nicht um normale

Polizisten, die ihren Dienst versahen. Das hier waren Überläufer, die mit den Rechten sympathisierten und Chaos und Gewalt verbreiteten. Sie waren aktiv an dem Umsturz beteiligt.

Marco sprang auf. »Halt!«, rief er. »Schaltet die Kameras wieder ein und filmt genau, was hier los ist! Das sind Überläufer, die wollen ...« Er kam nicht mehr dazu, den Satz zu Ende zu sprechen. Der Schuss traf ihn in die Brust. Er wurde zurückgeschleudert, prallte gegen die Studiowand und blieb reglos am Boden liegen, während sich ein roter Fleck langsam auf seinem Hemd ausbreitete.

Berlin, 04. Oktober 2021

»Dass die sich einfach trauen, eine so große Demo anzugreifen und dann auch noch in Berlin!« Daniel schüttelte fassungslos den Kopf.

Inzwischen waren er, Flipp, Dirk und Mücke zurück in dem besetzten Haus, in dem die Spuren des gestrigen Brandes noch immer deutlich zu sehen waren. Brandgeruch lag in der Luft.

»Auf einmal waren die überall. Die verdammten Bullen haben die einfach durchgelassen und noch kräftig mit drauf geprügelt«, bekräftigte Mücke. »Ich habe immer gewusst, dass auf die Bullen kein Verlass ist, wenn es hier erstmal losgeht.«

»Na, die werden auch mobilisiert haben, landesweit. Wenn die Spinner wirklich davon überzeugt sind, dass der Tag X gekommen ist, dann trauen sie sich auch so etwas«, sagte Flipp nachdenklich.

»Habt ihr das neue Video von diesem Glocke gesehen? Der tut so, als hätten Bürger jetzt das Recht dazu, Selbstjustiz zu verüben.«

»Ich habe schon immer gesagt, dass man die PfD hätte verbieten müssen. Aber Hauptsache, jeder bei der Antifa wird vom Verfassungsschutz überwacht«, schimpfte Dirk, der endlich seinen Dealer erreicht und sich mit Gras eingedeckt hatte, was seine Stimmung deutlich anhob.

»Guck mal, da ist ein neues Video von Max Luckwald«, sagte Daniel und startete das Video auf seinem Handy.

»... wir können nicht länger wegsehen«, sagte Max Luckwald. »Wir müssen erkennen, dass die rechte Gefahr viel größer ist, als wir uns eingestehen wollten. Wir befinden uns mitten in einem Umsturz. Wenn wir uns jetzt nicht mit aller Entschlossenheit den Rechten entgegenstellen, dann kann es sein, dass wir morgen keinen Rechtsstaat mehr haben, den wir verteidigen können. Die Scharfmacher von der PfD versuchen, die Situation auszunutzen, sie treiben den Hass und die Gewalt an, weil sie von der Macht träumen, allen voran Menschen wie Bernd Glocke. Sorgt dafür, dass seine Aufrufe zur Gewalt nicht unwidersprochen bleiben, zeigt, dass Deutschland eben nicht braun und voller Hass ist. Es kommt jetzt auf jeden Einzelnen an.

Ihr kennt doch alle den Spruch, wer in der

Demokratie schläft, wird in der Diktatur aufwachen. Dieser Satz war noch nie so wahr wie im Moment. Ich weiß, dass sich die meisten von euch wünschen, dass diese Chaostage schnell vorbeigehen und dann alles wieder zurück zur Normalität kehrt, doch diese Normalität ist eine Illusion. Jetzt ist die Zeit, zu handeln, das ist das Gebot der Stunde und des Antifaschismus und wir brauchen jeden von euch da draußen ...«, war Max Luckwalds Stimme zu hören.

»Heftig, das Video hat schon richtig viele Aufrufe. Und guck mal, die Leute posten Videos drunter.« Daniel klickte das nächste Video an.

»Hier in Hamburg ist kein Platz für Hass«, sagte ein breitschultriger Mann mit tätowierten Armen in die Kamera. »Wir sind offen, wir sind Vielfalt und wir tolerieren weder Rassismus noch Gewalt. Gerade haben wir hier einen rechten Mob verjagt, der eine türkische Familie terrorisiert hat. Hamburg steht zusammmen!«

Stimmen waren draußen vor dem Haus zu hören.

»Wer kann das sein?«

»Ach, bestimmt Leute von der Demo«, sagte Flipp und ging in den Flur.

Kurz darauf kam er im Rückwärtsgang zurück, die Hände erhoben.

Vor ihm standen die Typen, die sie am Nachmittag auf der Demo aufgemischt hatten, in ihren Händen Totschläger und andere Waffen.

»Was wollt ihr von uns?«, fragte Flipp.

»Wir sind hier, um den Job zu beenden, den wir

gestern begonnen haben. In der deutschen Hauptstadt ist kein Platz für so linkes Gesocks wie euch«, sagte der stämmige Glatzkopf, anscheinend ihr Anführer.

»Gestern habt ihr von uns eine Warnung erhalten, doch leider habt ihr sie nicht ernst genommen, sonst wärt ihr ja nicht immer noch hier.«

»Wir haben ein Recht, hier zu sein!«, fuhr Dirk auf, den Joint noch in der Hand.

Der Schlag mit dem Baseballschläger traf ihn auf der Stirn. Ein hässliches Knacken war zu hören. Dann brach ein Tumult los. Die Schläger gingen auf die Gruppe los, Daniel sah Flipp zu Boden gehen.

Mücke versuchte, sich hinter einem Sessel zu verschanzen, doch die Schläger zerrten ihn hervor und prügelten auf ihn ein.

Daniel dachte nicht lange nach. Er rannte los, sprang über den niedrigen Sofatisch und hielt auf die Tür zu. Wie durch ein Wunder gelang es ihm, durch den Flur nach draußen zu kommen. Er rannte, so schnell er konnte, die Straße hinunter. Während er rannte, zerrte er sein Handy hervor und nahm eine Sprachnachricht an Lisa auf.

»Lisa, die Typen sind zurückgekommen, sie schlagen alles kurz und klein. Flipp und Dirk sind verletzt. Bitte ruf die Polizei an, ich muss wegrennen.«

Das Handy glitt ihm aus der Hand, prallte hart auf den Asphalt und zersplitterte, doch Daniel hielt nicht inne, im Gegenteil, er beschleunigte seine Schritte noch.

Erst als es zu spät war, erkannte er, dass er einen

Fehler gemacht hatte.

Er hatte nicht darüber nachgedacht, in welche Richtung er floh. Jetzt befand er sich in einer Sackgasse, aus der es kein Entkommen gab. Und seine Verfolger waren ihm bereits auf der Spur. Er hörte ihre Schritte und ihre Stimmen, aufgeputscht vom Rausch des Blutes.

Etwas in ihm wurde ganz still. Die Angst, die Aufregung, die Wut, alles verschwand. Er hatte das Gefühl, nicht mehr selbst in seinem Körper zu stecken. Das, was da in der kleinen Gasse gleich passieren würde, das geschah nicht ihm, das geschah einem anderen, wie in einem Film.

Daniel schloss die Augen, als der Erste der Schläger in die Gasse einbog. Er würde sie nie wieder öffnen.

Berlin, 04. Oktober 2021

»Herr Glocke?« Jonas Feldmann, Bernd Glockes Assistent, war ein blasser, unauffälliger junger Mann, der aussah, als könnte er besser Versicherungen verkaufen als für einen Bundestagsabgeordneten arbeiten, streckte seinen Kopf in Glockes Büro. Dieser sah sich gerade die vielen begeisterten Kommentare zu seinem letzten Video an.

Schon jetzt hatte es deutlich mehr Aufrufe als der Blödsinn, den Marlies und Norbert verzapft hatten, so viel war deutlich.

Seine Fangemeinde wuchs mit jeder Sekunde und das war gut so. Endlich war seine Stunde gekommen, das hatte er sich auch redlich verdient.

»Was ist?«

»Da ist ein Reporter von DIE REDAKTION am Telefon. Sie wollen ein paar Fragen stellen zu den Anschuldigungen, die dieser Max Luckwald in seinen Videos vorbringt.«

»Anschuldigungen?« Glocke war so mit seinen eigenen Videos beschäftigt gewesen, dass er seinen Widersacher Luckwald vergessen hatte.

»Ja, er sagt, dass Sie ihm die Schläger auf den Hals gehetzt haben und dass Sie verfassungsfeindlich sind. Die wollen morgen einen Artikel darüber bringen.«

Empört fuhr Glocke auf. »Diese Schmierfinken, haben die gerade nichts Besseres zu tun? Und dieser Luckwald! Warum bringt den nicht endlich jemand endgültig zum Schweigen?« Er verengte die Augen zu schmalen Schlitzen.

»Können Sie eine Kamera halten?«, fragte er seinen Assistenten.

»Ähm, ich denke schon«, sagte Feldmann.

»Alles klar, kommen Sie her. Ich werde ein weiteres Video aufnehmen. Die Leute da draußen verdienen klare Ansagen und jemanden, der ihre Sorgen ernst nimmt, nicht immer dieses Beschwichtigungsgeschwafel von unserer Regierung, oder besser, dem, was von unserer Regierung noch übrig ist.« Glocke verzog das Gesicht zu einem hämischen Grinsen. Dann drückte er Feldmann sein Handy in die Hand und positionierte sich vor der Wand gegenüber seines Schreibtischs.

Er zupfte an der Deutschlandfahne, dann blickte er in die Kamera.

»Läuft?«

»Läuft!«

»Liebe Mitbürger, ich danke euch für die überwältigende Zustimmung, die ich für mein letztes Video erhalten habe. Aus den vielen Kommentaren lese ich heraus, dass die Menschen da draußen sich allein gelassen fühlen angesichts des Chaos, das unser angeblicher Rechtsstaat hinterlassen hat. Wer mir schon länger folgt, der weiß, dass es mit diesem Rechtsstaat schon seit einer Weile nicht mehr weit her war, spätestens seit man im Herbst 2015 widerrechtlich die Grenzen öffnete und unser Land mit Kriminellen flutete. Kriminelle Clans und terroristische Flüchtlinge haben die Macht an sich gerissen. Spätestens seit gestern wissen wir, dass der Rechtsstaat am Ende ist. Zwar traut sich noch niemand, das zuzugeben, aber der Staat ist nicht mehr in der Lage, seine Bürger zu schützen. Die Regierung steht damit in der Mitverantwortung für den Ausbruch von Gewalt und Selbstjustiz, den wir seit gestern erleben. Die Bürger haben einfach keine Lust mehr, zuzusehen, wie unser geliebtes Deutschland, unser Vaterland, durch Überfremdung und Umvolkung zu Fall gebracht wird. Lange genug mussten sie zusehen, wie unter dem Deckmantel falscher Toleranz sich Kriminalität und islamistischer Hass ausbreiten konnte, wie hunderttausende in unsere Sozialsysteme einwanderten und von unsern

Steuergeldern lebten, während unsere eigenen Großeltern leer ausgehen.

Ich sage deshalb in aller Deutlichkeit: Angesichts dieser Lage ist Selbstjustiz nicht nur erlaubt, sondern dringend notwendig. Auf den Staat ist kein Verlass mehr, es ist an der Zeit, aufzustehen und sich zu wehren gegen all das Unrecht, das unter den Fahnen von Multikulti und Vielfalt in der Vergangenheit begangen worden ist. Wenn wir heute für Deutschland, für unser Deutschland, kämpfen, dann können wir morgen in einem Land aufwachen, in dem das Unrecht beendet wurde und das Recht wieder in Kraft gesetzt ist. Was wir gerade erleben, ist nicht weniger als eine Revolution gegen die Tyrannei von Kommunisten und linken Weltverbesserern, die es am liebsten sähen, wenn Deutschland ganz von der Weltkarte verschwände. Jetzt ist der Moment gekommen, an dem wir uns das nicht länger gefallen lassen! Der Wille des Volkes bricht sich Bahn und niemand wird ihn aufhalten können!«

Glocke hatte sich in Rage geredet. Er nahm einen Schluck Wasser.

»Hast du das alles drauf?«

Jonas nickte.

»In Ordnung, schneide es ein bisschen zurecht, dann stell es online. Das Video muss so schnell wie möglich unter die Leute, meine Wähler erwarten von mir, dass ich für sie da bin«, sagte Glocke.

Sein Handy vibrierte. Das Display zeigte Jan Liebermanns Nummer an.

»Was ist?«, sagte Glocke unwirsch, als er abnahm.

»Hier sind einige Polizisten, die sich auf unsere Seite geschlagen haben. Sie sind bewaffnet. Wir haben jetzt mehr Manpower.«

»Kannst du nicht wenigstens ein deutsches Wort dafür finden?«, blaffte Glocke. »Solche Patzer dürfen wir uns in Zukunft nicht mehr erlauben. Was ist mit Luckwald? Dieser kleine Stricher postet Videos, in denen er mir eine Mitschuld an den Gewalttaten gibt. Mir sind irgendwelche Reporter auf den Fersen. Ich dachte, ihr hättet das geklärt.«

»Haben wir auch. Ich dachte, wir sollten ihn nur einschüchtern.«

Glocke zögerte einen Moment. Konnte er es sich schon erlauben, so weit zu gehen?

»Macht ihn fertig, so dass er nie wieder einen Mucks von sich gibt. Ich will kein Video mehr von ihm sehen, verstanden? Egal, wie ihr das hinbekommt. Bringt ihn zum Schweigen!«

Berlin, 04. Oktober 2021

Als Kathi von der Demo zurückkam, war sie wie berauscht.

»Es war so toll, Lisa, all diese Leute und diese positiven Vibes. Ich glaube, es geht echt ein Ruck durch Deutschland. Durch diese Chaostage erinnern sich alle wieder daran, wie wichtig es ist, zusammenzustehen«, schwärmte sie.

Lisa blickte sie zweifelnd an. »Nach dem, was ich

erlebt habe, bin ich mir da nicht so sicher.«

»Oh, Lisa, sieh doch nicht alles immer so negativ. Damit ziehst du einen ja richtig runter.«

Lisas Handy brummte. »Daniel hat mir eine Sprachnachricht geschickt«, sagte sie.

»Der Daniel? Ich finde den ja richtig süß«, zwitscherte Kathi aus der Küche.

Lisas Augen wurden groß, als sie die Nachricht abhörte. Sie sprang auf und begann, hastig ihre Sachen zusammenzusuchen.

»Was ist denn mit dir los?«, fragte Kathi, als sie in das Wohnzimmer kam.

»Daniel ..., etwas ist passiert. Die haben denen aufgelauert. Ich glaube, er ist verletzt.«

»Verletzt?«

»Ja, ich muss sofort los.«

»Aber Lisa, du kannst da jetzt nicht hin! Was, wenn die Typen immer noch da sind?«, warf Kathi ein.

»Kathi, die Polizei kommt nicht, die interessieren sich nicht dafür, was mit uns passiert. Ich muss ihnen helfen.«

Mit diesen Sätzen war Lisa aus der Tür. Sie schwang sich auf ihr Fahrrad und legte die Strecke bis zum linken Zentrum in einer Rekordzeit zurück.

Die Stille, die ihr entgegenschlug, war erbarmungslos. Sie ließ keinen Zweifel daran, dass hier Leben unumkehrbar verändert worden oder beendet worden waren, mit roher Gewalt.

Lisa rauschte das Blut in den Ohren, während

sie sich durch den verwüsteten Flur in die hinteren Räume tastete. Hinter der Tür hörte sie ein Stöhnen.

Der Anblick, der sich ihr hinter der Tür bot, war schrecklich. Mücke und Dirk waren schwer verletzt, Flipp lag bewusstlos auf dem Boden.

Mit zitternden Händen zerrte Lisa ihr Handy hervor und wählte den Notruf. Erst ertönte ein Freizeichen, dann ging der Anruf ins Leere. Niemand würde kommen, um ihnen zu helfen.

8. Kapitel

Berlin, 04. Oktober 2021

»Das ist doch wirklich nicht zu fassen!« Markus Langemann schüttelte entgeistert den Kopf. »Das Land versinkt im Chaos und diese Arschlöcher haben nichts Besseres zu tun, als die Leute weiter anzuheizen und sogar noch von einer Revolution zu sprechen.«

»Marlies König und Norbert Wegmann haben sich da schon ein wenig zurückhaltender geäußert«, gab Frederik zu bedenken. »Nur interessiert sich dafür keiner. Alle klicken die Videos von diesem Glocke an.«

»Dann sollten wir schnellstmöglich einen Artikel veröffentlichen, in dem wir die Strategien der Rechten entlarven. Wir müssen den Leuten klarmachen, dass sie versuchen, die eindeutig rechte Gewalt umzudeuten. Das hier ist keine Revolution, das ist ein Umsturz, hervorgerufen durch Rechte. Wir dürfen ihnen nicht die Deutungshoheit überlassen.«

Sabine, die gerade an seinem Büro vorbeiging, gab er ein Zeichen. Sie deutete auf ihr Handy und ging weiter.

Mit dem Handy am Ohr versuchte sie erneut, Farid zu erreichen, doch er nahm nicht ab.

»Alles ok?«, fragte Kathrin, die sie in der Küche traf.

»Ich weiß nicht«, antwortete Sabine. »Zu Hause geht niemand dran. Ich mache mir Sorgen. Es wird langsam dunkel.«

»Ach, da ist bestimmt alles ok. Die hören sicher bloß das Telefon nicht. Auf deinen Farid kannst du dich doch verlassen.«

»Ich hoffe es«, murmelte Sabine. »Ich glaube, ich rufe mal bei unseren Nachbarn an. Die sind ganz nett. Die sollen einfach mal schauen, ob bei uns alles in Ordnung ist.«

Sie suchte die Nummer von Ingrid und Volker Mall und wählte sie. Es dauerte eine Weile, bis jemand abnahm.

»Mall?«

»Ja, Frau Mall, hier ist Sabine Ayaca, Ihre Nachbarin. Hören Sie, ich möchte Sie wirklich nicht stören oder beunruhigen, aber bei mir zu Hause geht niemand an das Telefon und ich wollte Sie fragen, ob Sie oder Ihr Mann rübergehen und nachschauen könnte.«

Ingrid Mall schwieg eine Weile. Sabine spürte, wie sich ihr Puls beschleunigte.

»Also, eigentlich sagen sie im Fernsehen, dass man nicht mehr rausgehen soll. Mein Mann ist nicht mehr der Jüngste ... ich hoffe, Sie verstehen das.«

»Ja, natürlich«, sagte Sabine und legte auf.

»Alles ok?«, fragte Lukas, der gerade mit seiner Kaffeetasse an ihr vorbei kam.

»Ja, ähm, also, eigentlich nein. Hast du ein Auto?«

Verwundert blieb Lukas stehen. »Ja, wieso?«

»Ich brauche jemand, der mich nach Brandenburg

bringt. Die Züge und Busse fahren nicht mehr, auch die Taxis nicht. Ich bezahle dich auch dafür. Ich muss einfach wissen, ob mit meiner Familie alles in Ordnung ist.«

»Ok«, sagte Lukas und stellte seine Kaffeetasse ab.

Berlin, 04. Oktober 2021

Lisa lief durch die Straßen von Kreuzberg und war auf der Suche nach Daniel. Wieder und wieder wählte sie seine Nummer, doch er nahm nicht ab.

Sie ging alle Wege ab, die er genommen haben könnte. Die Sackgasse erreichte sie zuletzt. Ihr Herz setzte einige Sekunden aus, als sie Daniel leblos am Boden liegen sah.

»Daniel!«

Sie stürzte zu ihm. Daniel regte sich nicht. Er lag auf dem Bauch. Sie packte ihn und drehte ihn zu sich. Etwas stimmte mit seinem Gesicht nicht. Es war seltsam verformt.

»Daniel, bitte, werde wach!«, flehte Lisa. Sie strich ihm über das Gesicht, während sie auf ihrem Handy den Notruf wählte. Wie schon zuvor nahm niemand ab.

»Peter Dombrak, unser Held, Deutschland, unsere Liebe«, skandierte jemand in einiger Entfernung.

Lisa achtete nicht darauf, sie hatte nur Augen für Daniel und die Kälte, die von seiner Haut ausging. Atmete er noch?

»Na, wen haben wir denn da?«, rief eine Stimme.

Lisa schrak auf. Drei Männer standen in der Gasse zwischen den hohen Häuserwänden und versperrten ihr den Fluchtweg.

»Haut ab!«, schrie sie weinend. »Lasst mich in Ruhe!«

»Aber, aber, wer wird denn da so unhöflich sein, junge Dame?«, fragte einer der Männer hämisch. Er war betrunken, das hörte man an seinem Zungenschlag.

Prickelnde Angst stieg Lisas Wirbelsäule empor. Langsam stand sie auf und begann, vor den Männern zurückzuweichen, bis sie die raue Häuserwand in ihrem Rücken spürte.

»Na, was ist? Möchtest du nicht später sagen, dass du deinen Teil zu der Revolution in Deutschland beitragen hast?«

Lisa runzelte die Stirn. »Was für eine Revolution?«, fragte sie mit erstickter Stimme. Auf keinen Fall durfte sie Schwäche zeigen, das war ihr bewusst, deshalb kämpfte sie tapfer gegen die Tränen an.

»Na, die Revolution gegen das Unrecht, die seit gestern läuft. Kriegst du nichts mit?« Der Mann vor ihr leckte sich die Lippen. Er war etwa zwischen 30 und 40, mit dünnem Haar und gelben Zähnen. Etwas an ihm stieß Lisa ab, körperlich. Die anderen beiden konnte sie nur undeutlich erkennen.

»Lasst mich in Ruhe!«, schrie sie. »Haut ab!«

Doch der Mann mit den gelben Zähnen kam

immer näher, so nah, dass sie seinen fauligen Atem und den Biergestank riechen konnte, der ihn umgab.

Ihr Blick flog umher und blieb an einer blutverschmierten Dachlatte auf dem Boden hängen. Daniels Angreifer mussten sie dort liegengelassen haben, nachdem ... Lisa zögerte nicht. Sie machte einen Satz nach hinten, schnappte sich die Dachlatte und zog sie dem Mann vor ihr mit aller Kraft durch das Gesicht. Dieser gab einen erstickten Laut von sich, bevor er auf die Knie fiel.

Lisa rannte los, im Zickzack an den anderen beiden Männern vorbei, die ihr verdutzt nachschauten.

»Du Fotze!«, kreischte der Mann, den sie niedergeschlagen hatte. »Haltet sie fest!«

Doch Lisa war schneller. Sie schnappte sich ihr Fahrrad und trat in die Pedale, als sei der sprichwörtliche Teufel hinter ihr her. Sie hielt nicht an, bis sie vor Kathis Haustür angekommen war und sich sicher sein konnte, dass sie ihre Verfolger abgehängt hatte.

Sie klingelte Sturm. Dennoch vergingen einige quälende Sekunden, bis Kathi endlich aufdrückte. Sie sah Lisa entsetzt an, als sich diese durch die Wohnungstür zwängte. Kaum hatte sich die Tür hinter ihr geschlossen, brach Lisa weinend zusammen.

Grimma, 04. Oktober 2021

»Luckwald, du feige Judensau, komm raus!«

Max Luckwald kauerte im Keller seines Hauses, die Kellertür und seine einzige Fluchtmöglichkeit fest im Blick. Notfalls konnte er immer noch weglaufen. Was wollten sie diesmal tun? Sein Haus niederbrennen? Ihn umbringen?

Das Poltern über ihm verriet ihm, dass sie bereits im Haus waren. Glas klirrte, Holz ging zu Bruch. Er schluckte trocken. In seiner Hand hielt er einen Hammer.

Plötzlich war es still. Hatten sie so schnell aufgegeben und waren weitergezogen?

Vorsichtig lugte Max aus seinem Versteck. Er lauschte, konnte allerdings nichts mehr hören. Ohne das Licht anzumachen, tastete er sich die Kellertreppe nach oben.

Er entdeckte sie erst, als es schon zu spät war. Jan Liebermann, Gerald, Oskar und Ronny hatten im Flur auf ihn gewartet. Jetzt kesselten sie ihn ein, ein raubtierhafter Ausdruck lag auf ihren Zügen, berauscht von der Gewalt, die sie gleich verüben würden. Vermutlich waren sie auch betrunken.

»Weißt du, was du bist, Luckwald?«, fragte Jan Liebermann. »Du bist ein Sklave des Systems. So bezeichnest du dich doch selbst, oder?«

Max schluckte. Der Begriff war einem Blogbeitrag entnommen, den er vor vielen Jahren geschrieben und der für einiges Aufsehen gesorgt hatte.

»Und weißt du, was man in der guten alten Zeit mit Sklaven gemacht hat? Mit denen, die sich nicht zu benehmen wussten? Die nicht wussten, wo ihr Platz ist?«

Liebermann hielt einen Baseballschläger in den Händen. Er holte aus und zertrümmerte die Glasvitrine, in der Max' Mutter das gute Geschirr aufbewahrte. Tassen, Unterteller und die hübsche Kaffeekanne mit dem echten Goldrand gingen zu Bruch. Max schloss die Augen. Er wollte nicht, dass die hassverzerrten Gesichter von Liebermann und den anderen das Letzte waren, was er sah.

»Man hat sie aufgeknüpft, Luckwald, am nächstgelegenen Baum, als Mahnung an all die anderen Sklaven, sich so auf keinen Fall mehr zu verhalten.«

Max öffnete die Augen wieder. Erst jetzt sah er die Schlinge, die Oskar in seiner Hand hielt.

»Nein!«, rief er und hob abwehrend die Hände. »Bitte nicht! Das könnt ihr doch nicht machen!«

»Im Namen der Revolution müssen Opfer gebracht werden, Luckwald. Sei dankbar dafür, dass du eines bist!«, sagte Liebermann und holte mit seinem Schläger aus.

Der Schlag traf Max am Kinn. Es knirschte und ein brennender Schmerz schoss durch seinen Unterkiefer, doch das Adrenalin pumpte so sehr durch seine Adern, dass er den Schmerz kaum bemerkte.

Die Wucht des Schlages machte ihn benommen, aber nicht bewusstlos. Wie durch Nebel bekam er mit, dass Oskar ihm die Schlinge um den Hals legte. Irgendwann lag er auf dem Boden. Jemand zerrte an ihm und er bekam keine Luft. Über ihm zog die Decke seines Elternhauses vorbei, dann die Türschwelle und schließlich war über ihm nur der mondlose Nachthimmel.

Sie schleiften ihm zu dem Ahornbaum, den seine Mutter so sehr liebte, warfen das Seil über den stärksten Ast und im nächsten Augenblick baumelten Max Luckwalds Füße einen halben Meter über den Boden. Er bekam keine Luft. Das Seil um seinen Hals zerquetschte seine Kehle. Er strampelte, riss an dem Seil, dann verengte sich sein Sichtfeld, bis es schließlich ganz erlosch.

»Dreckige Judensau«, sagte Ronny und nahm noch einen Schluck aus seiner Bierflasche. »Hat gekriegt, was er verdient hat. Der schreibt keine Artikel mehr.«

»Ja, dem haben wir es gegeben. Und jetzt?«

Sie alle schauten zu Jan.

»Jetzt lassen wir ihn da hängen. Als Mahnung. Habt ihr nicht zugehört? Das wird dem linken Gesocks aus Grimma und Umgebung eine Warnung sein. Das hier ist jetzt unser Territorium und wir dulden nicht länger, dass Recht und Ordnung mit Füßen getreten werden.«

»Sie kommen«, sagte Leon, der zwischen den Sperrholzplatten nach draußen schaute. »Sie haben Fackeln dabei. Sieht unheimlich aus.«

Er drehte sich zu seinem Vater um. »Was machen wir jetzt?«

»Von der Polizei ist nichts zu sehen?«, fragte Farid ohne Hoffnung in der Stimme.

Sein Sohn schüttelte den Kopf.

»Ok, du und deine Schwestern, ihr geht nach oben und schließt die Türen ab. Egal, was ist, ihr macht sie nicht auf und ihr gebt keinen Mucks von euch, habt ihr mich verstanden?«

»Papa, was wollen die denn von uns?«, weinte Mia. »Ich habe Angst!«

»Mein Schatz, du musst keine Angst haben. Papa passt auf euch auf. Jetzt geht nach oben und macht, was ich euch gesagt habe.«

Die Kinder nickten, die Augen groß, die kleinen Gesichter schmal. Es brach Farid das Herz, sie so zu sehen. Er griff nach Leons Baseballschläger, umfasste das harte Holz fest mit beiden Händen und stellte sich hinter die Tür.

»Heute machen wir etwas ganz Besonderes«, grölten die Nazis vor der Tür. »Heute jagen wir dem Ali eine Kugel in den Kopf.«

»Hörst du das, Ali? Wir haben hier eine Kugel mit deinem Namen drauf. Da wünschst du dir doch, dass du in deinem verdammten Heimatland geblieben wärst, oder? Stattdessen hast du deinen dreckigen Kamelfickerpimmel in eine deutsche Frau gehalten und die arische Rasse entehrt!« Höhnisches Lachen war zu hören. Die Männer waren betrunken, das war unverkennbar.

Farid dachte darüber nach, ob das zu seinem Vorteil war, doch letztlich spielte es keine Rolle. Er rechnete nicht mehr mit der Polizei. Vermutlich geschahen Ereignisse wie dieses gerade überall im Landkreis. Er schloss die Augen und murmelte ein kurzes Gebet. Seit Jahren war er nicht in der Moschee gewesen, Religion spielte in seinem Alltag keine große Rolle, doch in einer Situation wie dieser konnte es nicht schaden, den Allmächtigen um Hilfe anzuflehen.

Die Haustür zersplitterte unter einem einzigen Fußtritt. Farid überlegte nicht. Er holte weit aus und schlug zu. Als der Schläger auf ein Gesicht traf, gab es ein matschiges, fast saugendes Geräusch. Danach hörte Farid nichts mehr.

Brandenburg, 04. Oktober 2021

»Verdammt«, sagte Lukas und schlug auf das Lenkrad seines klapprigen 3er Golfs. »Die Straßen sind alle dicht.«

»Im Netz steht, dass einige Menschen auf der Flucht sind, darunter auch Politiker. Nicht nur in Berlin ist Chaos.«

Sie hatten für den Weg bis raus aus der Stadt fast zwei Stunden gebraucht. Alle Ausfallstraßen waren verstopft, es herrschten chaotische Zustände. Die Menschen verschanzten sich entweder zu Hause oder versuchten, außer Landes zu fliehen. Niemand wusste zu sagen, wen die Welle rechter Gewalt als nächstes treffen würde, überall im ganzen Land hatte mit Einbruch der Dunkelheit die Randale erneut begonnen. Von unzähligen Todesopfern war die Rede, vielerorts hatte die Polizei kapitulieren müssen.

»Die Redaktion ruft mich an«, sagte Sabine und nahm ab.

Sie hörte Kathrins Stimme, im Hintergrund laute Geräusche.

»Kathrin? Ich kann dich nicht verstehen! Was? Es ist so laut!«, rief Sabine.

»Was? Was sagst du? Wer?«

Sie legte auf. Langsam schaute sie zu Lukas.

»Sie sind in die Redaktion gekommen.«

»Wer?«, fragte Lukas.

»Irgendwelche Nazis. Sie haben Langemann verprügelt und alles kurz und klein geschlagen. Die Redaktion kann nicht mehr arbeiten. Kathrin denkt, es liegt an dem letzten Artikel, dem über diesen Glocke.«

Lukas starrte auf die Straße. Der Regen hatte wieder eingesetzt und die Scheibenwischer tanzten quietschend auf und ab. Braune Blätter flogen vorbei, wirbelten vor ihnen über den Asphalt, während links und rechts die Dunkelheit vorbeiflog. Alle Häuser, an denen sie vorbeikamen, waren dunkel.

»Was ist da vorne los?«, fragte Sabine und deutete auf den hellen Lichtschein rechts vor ihnen.

»Sieht aus, als würde es da brennen«, sagte Lukas.

Die Straße machte eine Biegung und im nächsten Augenblick sahen sie ein Einfamilienhaus, das lichterloh in Flammen stand, eine Familie stand davor, Mutter, Vater, vier Kinder. Die Mutter trug ein Kopftuch. Die Menschen hielten sich aneinandergeklammert, die Augen groß vor Angst.

Auf der anderen Straßenseite standen, juxend und feixend, mehrere Männer mit erkennbar rechter Gesinnung: Glatzen, Tattoos, Pullover mit Symbolen und Sprüchen.

»Halt an!«, rief Sabine.

»Was?« Lukas traute seinen Ohren nicht.

»Halt sofort an!«

Lukas bremste und Sabine sprang aus dem Auto. Sie hielt ihr Handy in der Hand, als sei es eine Waffe.

»Stopp!«, schrie sie und fuchtelte mit dem Handy herum. »Lasst diese Familie in Ruhe!«

Die Männer sahen sie irritiert an. Einer von ihnen sagte: »Was willst du denn?«

»Ich bin von DIE REDAKTION und ich filme jeden von euch. Wenn ihr euch nicht sofort verpisst, dann sind eure Gesichter morgen auf den Titelblättern, ihr feigen Arschlöcher!«

Sabine wusste selbst nicht, woher sie den Mut nahm, so mit den Rechten zu reden, doch ihre Entschlossenheit verfehlte ihre Wirkung nicht. Die Männer lachten, aber einer nach dem anderen zog sich zurück. Ganz so öffentlich wollten sie ihre rechte Gewalt wohl doch nicht machen.

Sabine ging zu der Familie. »Ist jemand verletzt?«

Der Vater schüttelte den Kopf. Der Schrecken war ihm deutlich anzusehen. »Gibt es einen Ort, wo sie hinkönnen? Haben Sie ein Auto?«

»Meine Schwester ...«, sagte er. »Sie wohnt in Berlin.«

»Dann fahren Sie dort hin, auch in Berlin ist es chaotisch, aber da haben die Rechten nicht ganz so viel zu melden wie hier.«

Der Mann nickte und ging mit seiner Familie in Richtung eines Kleinbusses, der an der Seite seines Hauses parkte.

»Bist du jetzt völlig übergeschnappt?«, fragte Lukas, als sie wieder zurück zum Auto kam. »Wolltest du, dass die Typen dich umbringen? Als würden sich so welche davon einschüchtern lassen, dass du Journalistin bist.«

Sabine setzte sich neben ihm. »Diesmal hat es funktioniert. Ich konnte nicht weiterfahren. Das hätte ebenso gut auch meine Familie sein können.«

Berlin, 05. Oktober 2021

Graues Tageslicht fiel durch die Jalousien vor den Fenstern seines Krankenzimmers. Die ganze Nacht hatte Peter Dombrak in einem Dämmerzustand irgendwo zwischen Schlafen und Wachsein verbracht. Es lag vermutlich an den Medikamenten.

Die zwei Ermittler waren abgezogen worden, aber sie würden wieder kommen. Wie dumm sie waren, nicht zu begreifen, was da draußen wirklich geschah. Der Tag X hatte begonnen und nichts und niemand würde den Volkszorn aufhalten können, der sich mit ihm Bahn brach.

Er hatte seine Aufgabe erfüllt. Niemand würde seinen Namen je vergessen. Schulkinder würden ihn lernen, Historiker über ihn diskutieren. Man würde Bücher über ihn schreiben, ihn wahlweise feiern oder verdammen.

Es spielte keine Rolle mehr. Manche Menschen hatten nur diesen einen Moment, in dem sich ihr ganzes Schicksal kondensierte. Seines hatte sich vor zwei Tagen im Dom zu Berlin erfüllt.

Peter Dombrak blinzelte ein letztes Mal in das Licht der aufgehenden Sonne. Dann hörte sein Herz auf zu schlagen.

Brandenburg, 05. Oktober 2021

Sabine schmeckte Galle, als Lukas' Wagen gegen sechs Uhr morgens in ihre Straße einbog. Sie hatte keine Ahnung, wann sie das letzte Mal etwas gegessen hatte. Sie war so müde, dass die Welt vor ihren Augen immer wieder verschwamm, zugleich war sie hellwach. Unglaublich, welche Kräfte Adrenalin dem menschlichen Körper verleihen kann, dachte sie, als Lukas anhielt und sie ausstieg.

Das Haus lag still. Die Fenster im Untergeschoss waren von innen verrammelt, im Obergeschoss brannte kein Licht.

Ein flaues Gefühl breitete sich in Sabines Magengegend aus. Der Weg vom Gartentor bis zur Haustür kam ihr unendlich lang vor, ihre Beine waren wie mit Blei gefüllt. Sie schob den Schlüssel in das

Schloss und drehte um.

Der Geruch von Metall schlug ihr ins Gesicht und der leicht süßliche Geruch des frischen Todes. Sie würde diesen Geruch niemals vergessen.

Farids Augen standen offen. Sein Gesicht war bedeckt mit Blut, seine Kleidung getränkt davon. Er lehnte an dem Türpfosten, an dem sie markiert hatten, wie sehr Mia und Leon im vergangenen Jahr gewachsen waren.

Sabine fiel neben ihrem toten Mann auf die Knie. Sie streckte die Hand aus, berührte sein zerschundenes Gesicht mit den Fingerspitzen, während Tränen über ihre Wangen rannen.

»Farid«, wisperte sie. »Oh, Farid!«

»Mama?«

Sie sah auf und entdeckte Leons verängstigtes Gesicht am Treppenabsatz.

»Ich bin da, mein Schatz, ich bin da. Wo sind deine Schwestern?«

»Sie sind hier oben.«

»Seid ihr ok?«

»Ja. Papa hat den Männern gesagt, dass er uns weggebracht hat. Geht es Papa gut?«

Hastig wischte sich Sabine die Tränen aus dem Gesicht.

»Ja, Papa geht es gut. Aber bitte komm nicht nach unten, mein Schatz, ok? Wartet einfach oben auf mich. Packt euch ein paar Sachen ein, Kleider, Zahnbürste. Wir machen einen Ausflug.«

»Einen Ausflug? Aber wohin denn?«, fragte

Leon mit weinerlicher Stimme.

»Das weiß ich noch nicht. Weiter weg. Vielleicht erstmal nach Polen, weißt du noch, da waren wir doch im Sommer und haben die vielen Gartenzwerge gekauft.« Sie gab sich alle Mühe, ihrer Stimme einen zuversichtlichen Klang zu geben, doch das misslang kläglich.

»Kommt Papa mit?«, fragte Leon schließlich.

»Ja, mein Schatz, Papa kommt mit, er kommt später. Wir treffen ihn da. Du wirst sehen, alles ist gut.«

Berlin, 05. Oktober 2021

Glocke hatte die Nacht in seinem Büro verbracht. Die vergangene Nacht markierte die Wende. Sämtliche Radio- und Fernsehsender waren gestürmt und von Gesinnungsgenossen übernommen worden. Landauf, landunter brannten Flüchtlingsheime, die Amtsträger der Regierungsparteien befanden sich auf der Flucht.

Im Netz und auf den Straßen feierte man ihn als Held des Umsturzes. Er war es, der Peter Dombraks Werk zur Vollendung gebracht hatte. Der Umsturz war gelungen. In Deutschland würde nichts mehr so sein, wie es gewesen war.

Er schaltete einen ausländischen Nachrichtensender ein. Dort trat gerade der französische Präsident vor die Kameras. Gemeinsam mit Großbritannien erwägte man eine militärische

Intervention in Deutschland, um dort die öffentliche Ordnung wieder herzustellen. Dort herrschten, nach internationaler Meinung, bürgerkriegsähnliche Zustände, die Überreste der deutschen Regierung waren außer Stande, die öffentliche Ordnung aufrechtzuerhalten. Viele Menschen waren tot, noch mehr verletzt und unzählige auf der Flucht.

Glocke war es recht. Die Weicheier, die Kuscheltierschmeißer, all die bunten Weltverbesserer mit ihren kommunistischen Ansichten, sie sollten sich aus Deutschland verpissen. In dem neuen Deutschland der Zukunft war für sie kein Platz mehr. Und er, Glocke, er würde herrschen, auf die eine oder andere Weise, in diesem neuen Deutschland.

Epilog

Deutschland, 01. November 2021

»Nach den reinigenden Tagen des Chaos, in denen sich der Volkszorn Bahn gebrochen hat, sehen wir uns heute in der glücklichen Situation, mit den Neuwahlen vom 20. Dezember 2021 endlich dem wahren Souverän dieses Landes seine Macht wiederzugeben: den Bürgern und Bürgerinnen Deutschlands.« Bernd Glocke lächelte in die Kameras. Hinter ihm zerrte der Herbstwind an den Bäumen im Garten des verwaisten Kanzleramts.

»Der widerrechtliche Einmarsch ausländischer Truppen währte nur kurz, da auch die internationale Gemeinschaft die Unverletzlichkeit der Souveränität Deutschlands anerkannt und bestätigt hat. Frankreich und Großbritannien mussten sich zurückziehen. Deutschland ist frei, zum ersten Mal in seiner Geschichte, ein freies Land für freie Bürger und nach den Säuberungen der vergangenen Wochen können wir heute mit Stolz sagen, dass wir ein Volkskörper, eine Volksseele, ein Volksgeist sind und alle kulturfremde Subjekte wie lästige Parasiten von uns abgeworfen wurden.«

Sein Mitarbeiterstab applaudierte. Glocke ließ seinen Blick über die Grünanlagen vor dem Kanzleramt und über das Reichstagsgebäude schweifen. Endlich war er angekommen. Die Wahlen im Dezember waren nur noch eine lästige Formsache.

Er, Bernd Glocke, würde Deutschland regieren und im Deutschen Bundestag würde nur noch eine Partei herrschen, nämlich jene, die Deutschland am meisten liebte.

Er dachte an Peter Dombrak und ein Lächeln schlich sich auf seine Züge. Am 03. Oktober 2021 hatte der Attentäter von Berlin nicht nur sein Schicksal, sondern das einer ganzen Nation entschieden.

Zeitfracht Medien GmbH
Ferdinand-Jühlke-Straße 7
99095 Erfurt, Deutschland
produktsicherheit@kolibri360.de